一路走来的额尔敦

一路走来的

布仁巴雅尔

布和敖斯尔 著

作家出版社

图书在版编目（CIP）数据

一路走来的额尔敦 / 布仁巴雅尔，布和敖斯尔著.
-- 北京：作家出版社，2019.4
ISBN 978-7-5212-0488-9

Ⅰ．①一… Ⅱ．①布… ②布… Ⅲ．①纪实文学 -
中国 - 当代 Ⅳ．①I25

中国版本图书馆CIP数据核字（2019）第070781号

一路走来的额尔敦

作　　者：布仁巴雅尔　布和敖斯尔
责任编辑：兴　安
图片摄影：巴义尔　朝格图　兴　安　其力木格
装帧设计：意匠文化·丁奔亮
出版发行：作家出版社有限公司
社　　址：北京农展馆南里10号　　邮　　编：100125
电话传真：86-10-65067186（发行中心及邮购部）
　　　　　86-10-65004079（总编室）
E-mail:zuojia@zuojia.net.cn
http://www.zuojiachubanshe.com
印　　刷：河北鹏润印刷有限公司
成品尺寸：152×230
字　　数：108千
印　　张：13.5
版　　次：2019年6月第1版
印　　次：2019年6月第1次印刷
ISBN 978-7-5212-0488-9
定　　价：68.00元

事业人：谈论的是机会，赚的是财富，
想的是未来和保障。
智慧者：谈论的是给予，交流的是奉献，
遵循而行，一切将会自然富足。

——摘自额尔敦木图人生感悟篇

目 录 *contents*

1　引　言　悠远的牧歌

第一章　奈曼的怪柳

10　宝音家的家教

18　"阿杰"梦想的金碗

21　一个"社大"毕业生的事业起点

第二章　朋友多了路好走

25　诞生于小铺里的羊肉领袖品牌

29　一个电话　一条商路

32　在城里开饭店"火"了

36　今后有事我找谁

38　回来吧，额尔敦欢迎你

40　三句话招来的前厅经理

第三章　品质好　品牌才好

48　用自己的名字命名的品牌

53　"蒙餐大师"一夜难眠

59　不吃不知道　一吃忘不掉

61　锡林郭勒羊肉为什么这么好吃

第四章　遍地黄花

70　北京，请品尝额尔敦传统涮

79　北京有个"羊肉巴图"

83　承德街里蒙餐香

89　坐在城市蒙古包里感觉草原

92　君子合同

95　额尔敦聊城第一店

99　济南城里的蒙古包

103　七里河店的"活"广告

109　"腾格尔"赐予的羊哪有膻味

112　好企业就是一所好学校

113　郑州的"全绿色"不是梦

116　成都好吃嘴

122　我值多少钱就给我多少钱

126　"最成都""最世界""最额尔敦"

129　装点出饭店的"魂"

135　深圳和草原的月亮一样圆

140　张勇的"细节"

147　"包头老乡"有点急

第五章　草原新牧人

156　绝不让草原流泪

159   最好吃的牛肉在草原

164   羊业协会是咱们的家

第六章　自己的事　自己办

172   一定要建自己的工厂

178   李书记说：好好干

184   白总心中有一支歌

187   一个新政协委员的提案

第七章　双翼的神马

192   一翼"牧易宝平台"

195   二翼"电子商务"

202   草原蒙古人的荣誉和骄傲

引言　悠远的牧歌

有一个传说，在草原上流传很久了。

早晨，一家人又要搬迁了。阿爸拆卸蒙古包，额吉和阿爸将套瑙、哈纳、围毡、毡门、围绳搬上勒勒车后。勒勒车迎着晨曦又奔向另一个草场。孩子坐在额吉怀里，他扬起脸问："额吉，我们蒙古人为什么总是一次又一次搬迁啊？"

额吉说："我们总在一片草原上放牧，牛羊一直吃这片草地上的青草，大地母亲就会疼痛的。我们不停地搬迁就像人身上的血液在流动，大地母亲就感到舒服。你给额吉上下不停地捶背，额吉就感到舒服。假如你总是在额吉背上一个地方反反复复捶打，额吉会怎么样呢？"

孩子说："额吉，孩子知道了。总捶打在一个地方，您一定感到不舒服的。"

赶勒勒车的阿爸遥望着远方，说："让我们再到一个新的地方去，给大地母亲捶背去吧！"

这个代代相传的故事，让蒙古人懂得怎样热爱大地，怎样保护草原。蒙古人爱护草原，就像爱护自己的身体一样。他们能感受到草原的疼痛和饥渴；他们能听见草原的唏嘘和呻吟。

蒙古族游牧文化始终执着地表达着一个古老而鲜明的主题——"天人合一"，即人与自然的和谐发展。蒙古人是天、地、人和谐的最佳见证者。他们用智慧与勤劳经营和保护着富饶而美丽的草原"天国"。

逐水草而居，逐水草而迁徙，是蒙古人的生活方式和生产方式。

这就决定了他们保护草原、爱护草原的强烈意识。在蒙古历史上就有明确规定，各部落各有其地段，大家都在部族部落划定的区域内放牧，畜逐水草而动，人随畜而居，四时迁徙，车马为家，皮毛当衣，肉奶为食，成为蒙古人生活和生产的真实写照和必然的法则。这种在草原生态环境下的游牧式生产方式既适应了自然，更是保护了草原。迁徙是一种建设，是一种协调人、自然与牲畜三者关系的自然法则。表现出草原浓厚的生态气息。受这种独特的气息影响的生活生产方式，不仅塑造了蒙古人的个性，更构建了蒙古族游牧文化，铸就了内涵深刻而丰富的草原文明。她与黄河文明、长江文明并称为中华民族辉煌灿烂的文明。

在独特的游牧文化的影响下，必将产生蒙古族的饮食文化。蒙古人生活的特殊自然环境为这个民族提供了独有的衣食来源。传统的蒙古族饮食主要有四类，即红食、白食、面和茶。

红食，指的是肉食，蒙古语"乌兰伊德"。是生活在大草原上的蒙古人饮食中不可缺少的食物，以牛羊肉为主。牛羊肉吃法很多，主要有整羊背子、手扒羊肉、烤全羊、涮羊肉、羊肉串，等等。

白食，指奶食品，蒙古语为"查干伊德"。蒙古人以白为尊，视乳为高贵吉祥之物。主要类型有鲜奶、酸奶、奶酪、奶酥、奶油、奶皮子、奶酪丹，还有奶酒，等等。白食制作简便，美味可口，营养丰富。

面，是蒙古人喜欢的食品，主要使用小麦面、荞面和莜面。

茶，蒙古人喜欢喝奶茶。亦称蒙古茶，蒙古语为"苏泰茄"，是蒙古人不可缺少的饮料。奶茶有浓郁的奶香味，可口绵甜。蒙古人说：宁可一日无餐，不可一日无茶。

蒙古人热情好客，客人来了，主人首先要献上一碗香喷喷的奶茶。然后依次上奶食、面食，再斟满酒。喝得高兴了，载歌载舞。这时候蒙古人豪情奔放的性格淋漓尽致地表现出来了。

有酒必歌。

草原的辽阔赋予蒙古族人豪放勇敢的性格，他们喜欢饮酒。蒙古

人认为：无酒不成席、无酒不成礼、无酒不成俗。蒙古人通过歌声与美酒深深表达对宾客的尊敬和深情厚谊。

在内蒙古，可以说有酒的地方就有歌声，所以内蒙古也就有了"歌的海洋，酒的故乡"之美誉。在蒙古族的迎宾礼节中有这样一种说法——歌声不断酒不断。所以在长期的生活中积淀了很多经典的酒歌。如鄂尔多斯酒歌《浓烈的白酒》、锡林郭勒南部察哈尔短调酒歌《阿素如》、锡林郭勒乌珠穆沁酒歌《思情曲》、科尔沁酒歌《四海》等，几乎每一个部族、每一个地区都有自己创作的酒歌。

好客的蒙古人在节庆、仪式、庆典与朋友相聚时，都要饮酒歌唱。用酒和歌声表达对客人对朋友的欢迎之情。酒歌、敬酒歌等音乐形式是蒙古族独有的一种民俗音乐。这种民俗音乐伴随着蒙古族特有的饮食习惯和风俗人情，已经形成独特的酒歌文化。丰富多彩、热情豪放的蒙古族歌曲，通过各种音乐编织在一起，形成一部悲壮、雄浑的民族音乐史诗。而酒歌则是这部史诗当中独具生活气息、人文情怀的一支旋律，恒久地伴随着蒙古民族不断发展和变迁，为蒙古族欣欣向荣的新生活长歌咏叹。

如果说草原的美酒可以传递真情，把草原人的情感化作祝福送给亲人、朋友，那么动听的酒歌则会陶醉人的心灵。每每置身于酒的氛围、歌的海洋，"酒不醉人歌醉人"的感慨便会油然而生。

正如一位曾经到过内蒙古、领略过蒙古族酒歌魅力的朋友说的：这个因牧而兴、以绿为荣的可爱可敬的蒙古族，和以其为主的蒙汉各民族联袂自然形成的独具一格的内蒙古酒歌，原来是百年牧歌，是浓郁的情歌，是神圣的礼歌，是哲理的雅歌，更是他们发自肺腑的对新生活的赞歌啊！

蒙古族世世代代生活在草原上，他们认为，是大自然赋予蒙古族生命的力量，也是大自然给予蒙古人生活的物质保障。因此在蒙古族音乐中，包括酒歌，表达的情感都是发自蒙古人内心深处的一种感叹。他们感恩大自然、感恩父母、感恩朋友、感恩社会，感恩一切。所以酒歌表达的情感也是世界上最圣洁、最感人、最和谐的情感，它涵盖了人与人之间最真、最纯的情，它的内涵就像广袤的草原一样宽广博大。

有着"天人合一"理念的蒙古人，将长生天、大地、人三者合而为一；将草原上牛羊视作天地的恩赐。既是"天赐"，就应该由天下人一同分享。要分享就得交换，互通有无。蒙古人最早的交换，是以物易物，用牛羊、皮毛从商人那里换取布匹、茶叶、针线等生活用品。后来使用钱币进行商贸。蒙古人在交换、商贸中学会了经贸，学会了做买卖。

蒙古人经商遵循的原则是真诚与诚信。他们用诚信作为伦理道德

来规范自己的行为，将诚信视作一种美德。这种诚信美德用在货物交换、产品贸易中决不占对方半点便宜，决不教对方吃一点亏。

伊朗史学家费尼在《世界征服者史》一书里就记载了许多蒙古人和各国商人交往的事例和故事。这些活生生的事例无不说明蒙古人做人的真诚，做生意的诚信。书里有一个故事说：

一天，窝阔台汗正在军帐里与两个大臣喝茶议事。一位侍官引进来两个印度商人。一位胖胖的商人从包里拿出两条象牙，敬献给窝阔台汗。大汗接过两条象牙，仔细看过放到案上，对商人说："你送我这么珍贵的象牙，我该送你们什么呢?"印度商人说："大汗，您只要送我们五百巴里失（钱币单位）就可以了。"窝阔台汗毫不迟疑，叫侍官拿出五百巴里失送给印度商人。

送走了两个印度商人后，一位大臣说："大汗，两条象牙哪里值

五百巴里失呢？况且他们来自我们的敌邦……"

窝阔台汗摆手打断大臣的话说："没有人是我们的敌人，他们拿到我加倍的钱币，今后会送来更多我们需要的商品啊。"

窝阔台汗还下令，今后凡是商人来卖东西，应在商人报价的基础上，再添加百分之十的钱送他们。

蒙古人真诚地与商人打交道，诚信地和他们做买卖，也学着商人经商做买卖。可是蒙古人在经商的道路上走得很缓慢，也很迟疑。多少年了，他们很少有人走出大漠、走出草原。直到21世纪末，中国改革开放的春风吹遍大地，吹绿草原，蒙古人也做起生意，办起工厂来了。他们的聪明智慧在商场、在生意场上淋漓尽致地发挥。一个个成功的蒙古族企业家、商界精英成为改革开放大潮中的弄潮人。譬如："中国冰淇淋大王"蒙牛的创立者牛根生；还有巴音巴图、包苏日娜等一大批蒙古族企业家，他们在亲人的嘱托和家乡父老的期待下，怀着梦想勇敢地走出草原，走父辈人没有走过或者很少走过的经营、经商、办企业的道路，在中国改革开放的伟大诗篇里，书写着蒙古人进步发展的崭新篇章。

来自内蒙古奈曼旗的额尔敦木图和朝格图兄弟，他们从一辆自行车、一杆秤开始卖羊肉起步；他们从几张小桌子、一间乡村小饭店走出来，走出草原，走向全国，走向世界。他们"做诚信的人，说诚信的话，干诚信的事"；高扬"健康、绿色、安全、营养、美味"新蒙餐餐饮品牌。额尔敦羊业"从草原到餐桌"——打造草原绿色餐饮文化，让蒙古人的"乌兰伊德""查干伊德"传统饮食成为中国人的美餐，成为世界人民餐桌上的一道美味。

我们讲述额尔敦木图、朝格图的故事，就从奈曼旗一个叫沙日浩来的镇子开始吧。

第一章

奈曼的怪柳

宝音家的家教

奈曼旗的沟沟坡坡上生长着一种特殊的柳树，奇形怪状，像奔马，像虬龙，像银蛇起舞。因为长得怪异，人们叫它疤瘌柳、怪柳。

怪柳在国内有名，在国外也有名。

奈曼旗位于内蒙古通辽市西南部，科尔沁沙地南缘。奈曼是红山文化核心区之一部分。"南山中沙北河川，两山六沙二平原"，是奈曼旗的地理特征。中华民族的"祖母河"西拉木伦河与老哈河在这里交汇，成为西辽河的起点。奈曼有大漠驼铃的悠远，有长河落日的雄浑，有沙漠水库的清丽，有红尾鱼的美味，有科尔沁典型的草原湿地，有形态各异的怪柳树，一株株、一片片郁郁葱葱、翁郁苍翠，扎根在奈曼的大地上，在风中飘摇歌吟。

奈曼旗还是科尔沁版画的故乡，也是科尔沁民歌的发源地之一。

老哈河的岸上
脱了缰的老马奔前方
性情温柔的诺恩吉雅
出嫁到遥远的他乡

海清河的岸上
脱了缰的老马奔前方
性情温柔的诺恩吉雅

出嫁到遥远的边疆

老哈河水潺又潺

岸边的骏马驮着缰

美丽的姑娘诺恩吉雅

出嫁到遥远的他乡

美丽的姑娘诺恩吉雅

出嫁到遥远的他乡

这首唱响世界的民歌《诺恩吉雅》，就发源于美丽的奈曼旗。

沙日浩来镇周边有山，山不高。有山就有水，沟沟汊汉流着水。有昆恩皋勒、孟和硕、宝贝河、哈日干图、高河、塘坊、七家子七条河流。这个水草丰美的地方易于耕种，也易于放牧。今天奈曼旗还有许多人在那里耕种，或者养羊、牧牛。

宝音一家住在东沙日浩来嘎查。个子挺拔的宝音，性格好，办事认真公道，所以做了多少年的村会计，一直得到村民的拥护和信任。后来还当了一年多的村支书，就到镇里上班去了。

宝音娶了一位非常善良勤快的妻子，叫陶日皋。当他们有了儿子额尔敦木图和朝格图的时候，这个家庭拥有了12口人。爷爷、奶奶、宝音的几位兄弟姊妹，一家人亲亲热热和睦相处。这成为沙日浩来嘎查、镇里的模范家庭，大家都羡慕他们。有的家闹意见，兄弟妯娌不和，劝解的人总拿宝音家作例子：你们学学宝音家，那么大一家子人，你们谁见过他们争过嘴、红过脸？谁见过？

大人之间没有争过嘴、红过脸，小孩子也一样。

额尔敦上学了，没过两年，弟弟朝格图也上学了。哥哥护着弟弟，也管着弟弟。额尔敦从小不愿意讲话，性格内向，还有点腼腆；弟弟朝格图的性格和哥哥大不同，好玩、好逗，还有一点调皮。这样，朝格图就常常惹些小麻烦。有些小麻烦，哥哥额尔敦早有预防，知道弟弟要惹事呀，拉住弟弟就回家。偶尔没有看住他，弟弟跟人家闹起来了。哥哥也是出面和解、道歉，总是不把事情闹大，让兄弟吃亏，也做到不让别的孩子吃亏。

这与家教有关。

"羊羔跪乳"语出古训《增广贤文》。"羊羔跪乳"也有蒙古文版，讲道：很久以前，草原上一只母羊生了一只小羊羔。羊妈妈非常疼爱自己的孩子，晚上睡觉让它依偎在身边，用自己的体温暖着小羊，让小羊睡得又熟又香。白天吃草，又把小羊带在身边，把最好最嫩的草让小羊吃。遇到别的动物欺负小羊时，羊妈妈拼命去保

额尔敦一家三代人

护小羊。

一次，羊妈妈正在喂小羊吃奶。一只母鸡走过来说："羊妈妈，近来你瘦了很多。吃进肚子里的东西都让小羊咂了去。你看我，从来不管小鸡们的吃喝，全由它们自己去扑闹哩。"羊妈妈讨厌母鸡的话，就不客气地说："你多嘴多舌，搬弄是非，到头来犯下拧脖子的死罪，还得挨一刀，对你有啥好处？"气走母鸡后，小羊说："妈妈，您对我这样疼爱，我怎样才能报答您的养育之恩呢？"羊妈妈说："我什么也不要你报答，只要你有这一片孝心就心满意足了。"小羊听后，眼泪流下来了，"扑通"跪倒在地，表示难以报答慈母的一片深情。从此，小羊每次吃奶都是跪着。它知道是妈妈用奶水喂大它的，跪着吃奶是报答母亲的哺乳之恩。

这个故事额尔敦听爷爷、奶奶讲过，也听爸爸、妈妈讲过。哺乳之恩要报答母亲，哺育之恩要报答师长。人要有感恩之心，同情之心，对社会要有责任心。

这是宝音家对儿女的家教。

这种家教不仅是语言上的，更在于身体力行。

沙日浩来原来有一家知青商店，由上山下乡的知青当售货员。知青一批一批都走了，知青商店也就没有售货员了。领导就找到刚刚调到公社当会计的宝音说，找个人来商店吧，不能让商店关门呀。

宝音找了几个人，听说是临时工，谁都不愿意来。没办法就找到自己的妹妹。妹妹也不愿意去做这个临时工。可是哥哥要她去，她也就去了。

妹妹没做几个月，有人就反映到公社领导那里说：公社有那么多老干部，宝音一个刚刚调上来的干部，凭什么他就能安排自己的妹妹当售货员？不合理。

宝音听了摇摇头，苦笑。一句话不说，让妹妹回小队了。

在商店卖货的妹妹很委屈。本来不想来当这个售货员，硬叫来了。来了干得好好的，却背个"走后门"的名声回去。她大哭了一场。

有困难让自家人去，有委屈让自己受。这就是宝音家的家教，家教影响了额尔敦一生。

一个好的家庭教育，能够塑造孩子的心灵和人格。

2016年，锡林郭勒盟大旱，入夏以来仅有两次全盟范围的降雨，平均降水量不足70毫米。主要产草区降水较常年偏少40%~76%。久旱成灾导致牧草产量锐减。锡林郭勒盟64%的天然打草场无法打草，牧草减产12.5亿公斤。饲草供应不足，牲畜无法过冬。牧民纷纷卖羊，减少过冬牲畜头数。而大量肉羊集中出栏上市，羊肉收购价格下跌，牧民卖羊难。打出横幅向政府请愿：我们要生活，我们要生存。向社会呼吁：锡盟大旱，兄弟，你在哪里？

具有爱心的额尔敦木图为了帮助牧民渡过难关，积极组织收购锡盟羊。主动提高价格，在原有的价格上，每市斤羊肉再增加1.5元。仅这一笔他就多拿出122万元。

2017年8月，笔者在额尔敦的办公室，亲眼目睹这样一幕。

额尔敦在2016年1月，需要一笔资金，他的朋友帮助解决了。8月，额尔敦要收羊，又需要筹措一笔资金，朋友又借他一笔。说好两次借钱按照一年后本息一并奉还。2017年7月，额尔敦通知财务人员这笔钱要连本带息一笔还给朋友。财会人员在利息结算时，按照去年7月那一笔付息，把朋友的钱划到他卡里后就走了。

额尔敦忽然想起，朋友是两次借钱给公司的，怕会计结算利息时有疏忽，叫来会计看账。果然会计算错了。这样算少给了人家一万多元钱。额尔敦一边叫会计重新算利息，一边给刚刚离去的那位朋友打

电话，请他再回来。

朋友不知道怎么回事，急急忙忙返回来，一进门就问："额尔敦，啥事啊？"

额尔敦说："你的利息钱算错啦。"

"我多拿了？"

"不是，是我少给你了。"

额尔敦先是道歉，再说明了结算上的错误，把少算的一万多元钱交到朋友手里。朋友又拿到一万多元钱，竖了竖大拇指，啥话也没说，走了。

这里还有一个故事，是额尔敦羊业公司副总经理秦广宁讲的。

在锡林郭勒，额尔敦木图曾经开过一个酒店叫"安达酒店"。"安达"蒙古语是朋友的意思。是一个和朋友合作开办的酒店。房屋是朋友的，朋友收房屋租金。额尔敦木图出 500 万元装修完，酒店开业，生意还好。

当时锡林浩特城市建设，经济形势非常好。开工厂的、开商店的、办饭店的一家接着一家，一下子把房价抬起来了。朋友就按当地标准，一再提升房租。可是，饭店经营的酒菜是需要一个稳定的价位，也要求物美价廉。这样问题就来了，房价与酒店营业额不能平衡，酒店盈利就越来越少，几个月下来，实在是难以为继了。额尔敦木图终止了和朋友的合作办酒店的合同，把装修一新的酒店及所有设备，包括锅碗瓢盆，连一双筷子都没拿，统统留给朋友。给员工开足工资就离开了。

秦副总说：额尔敦就是这样的人。他自己吃亏可以，绝不让别人吃亏。

2018 年 8 月，我们到额尔敦木图的家乡沙日浩来采访。8 月的田野是绿色的海洋、花的世界，空气里弥漫着花香果香。一种丰收在望的喜悦飘荡在乡野里，盈满人们脸上。我们在田间与农民兄弟谈农事，在山坡上和牧人聊牛羊。在瓜棚里，瓜农切开一个大西瓜，黑籽沙瓤。一牙牙西瓜，一串串故事。我们在奈曼就听过一个奈曼柳的故事。

我们采访额尔敦的父亲宝音，就听他讲过一个奈曼柳的故事。

说很早的时候，奈曼的一座小山坡长着一棵柳树，后来旁边又长出一棵柳树。这样山坡上就有了一棵老柳树、一棵小柳树。老柳树总是低眉顺眼地伸展着自己的枝叶，在风雨中飘摇，把自己飘得苍老了。小柳树渐渐长大了，很看不起老柳树，常常炫耀自己挺拔的枝干和秀美的枝丫。

有一天，小柳树对老柳树炫耀自己说："你怎么总是低头扒脸的呀？你看看我什么时候都是扬眉吐气的，那些房子呀、牛马骆驼呀、大人小孩子呀，我都不放在眼里，他们全在我这漂亮的枝干底下走来走去哪。他们哪一个不喷着舌头赞美我挺拔，赞美我青春秀美啊！"

小柳树还摆出一副很自豪的样子，扭了扭枝体，摆了摆枝丫。

老柳树很友爱地对小柳树说："我不是不知道你长得挺拔又很漂亮，可是要当心树心会变空的呀。"

小柳树不理睬老柳树的忠告，一直趾高气扬，炫耀着自己，张扬着自己。

一天一天过去了，小柳树总是把吸收到的养分用在修饰外表上。结果外表漂亮了，树心却空了。不久，山坡上的两棵柳树被农人伐倒了。农人看到小柳树的树心是空的，"唉——"一声长叹说："本来我是打算用你做大梁的，可现在除了把你当作柴火烧掉，再也没有别的用处了。"

农人再看躯干扎扎实实的老柳树，非常高兴，拍了拍敦实的树干说："你倒是一棵顶用的大梁啊！"

这个故事真好！

这个故事似乎听谁讲过？想起来了，几个月前在宝音大哥家喝酒的时候，听大哥讲过这个故事。话题是从奈曼旗的怪柳树说起的。

怪柳树是20世纪五六十年代，从奈曼旗穿境而过的教来河洪水遗留的产物。不知道从上游什么地方漂流下来的种物随洪水流到奈曼，扎根在奈曼的土地上了。一株株怪柳、一片片怪柳林成为奈曼大地上的天然屏障，为奈曼人遮风挡沙，也被奈曼人编织出爱情故事，演绎为八仙人物，四处传讲，八方传唱。

我们还听过额尔敦6岁儿孟克子，用童稚声讲述过怪柳的故事。

扎根在奈曼大地上的怪柳，犹如憨厚朴实的奈曼人，敦厚质朴，老老实实做人，扎扎实实做事。

生长在沙地上的怪柳，就像额尔敦木图和朝格图兄弟俩一样不炫耀，不张扬，真诚待人，诚实做事，踏踏实实走人生的路。

"阿杰"梦想的金碗

蒙古语里父亲叫"阿爸"，哥哥叫"阿哈"。在奈曼旗叫哥哥为"阿杰"。"阿杰"的语音里隐含了父兄的意思，对当哥哥的多了一份敬重。做哥哥的对兄弟也就多了一份责任，多了一份关爱。

额尔敦是朝格图的"阿杰"。两个性格性情不同的兄弟手拉着手长大。额尔敦上五年级了，朝格图也上二年级了。这时候，农村改革，土地都承包给各家各户。宝音把小队闲置下来的四间土房子租下开了小卖店，让从公社知青商店回来的妹妹卖货。一则为了自己家庭收入，供孩子读书；再一则是为了方便乡亲们日常生活需要。

额尔敦放学后，常常在小店里做起小小售货员。那年寒假的一天，父亲和母亲去大沁他拉镇进年货，姑姑又忙别的事情去了。额尔敦和弟弟朝格图守在店里。兄弟俩整整在小店里卖了一天货。晚上结算一天的账目，看到一堆花花绿绿的钱，额尔敦很有一些成就感。母亲看到儿子得意的表情，问："咱们开这个小店，为什么呢？"

额尔敦随口就说："挣钱呗。"

母亲说："是的，做买卖谁不是为了挣钱啊。可咱家开小店，首先是为了方便乡亲邻里们，别把钱看得太重啊，孩子。"

父亲也教导说："记住，咱们蒙古人的一句谚语，千好都由公字来，万恶都从私字生。做买卖只图挣钱，那买卖就做不好，也做不长。"

这是父亲、母亲给儿子额尔敦上的第一堂"商道"课。

宝音言传身教，让额尔敦从父亲那里学到怎样做人、怎样做买卖。"第一为了方便乡亲，第二才是挣钱"这个理念在那个时候就扎根在少年额尔敦木图心灵中了。后来他做生意、办企业，将这个理念升华为"为顾客服务，为社会奉献"的企业精神。

很快，额尔敦上初中三年级了，朝格图也进了中学。腊月学校放寒假，兄弟俩就赶着小驴车到农村集市上卖年货。他们的小车前总是

额尔敦木图与朝格图兄弟俩

人头攒动，总是比别人摊上的人多，卖的东西又多又快。

额尔敦终于发现，这是弟弟朝格图的功劳。好交好为的朝格图认识人多，朋友多。他往卖货的小车前一站，就把那些朋友和认识他的人都招呼过来，有买东西的，有说笑的，热热闹闹，就把人脉弄旺了，人气也就盛了，买卖也就火了。

额尔敦兄弟没有止步在沙日浩来的"毛驴车商品意识"，很快他们就赶着大车到周边的集市上卖，再后来租用汽车到北票、阜新、沈阳去做大买卖。

"没有额尔敦，朝格图不行；没有朝格图，额尔敦也不行。"这是他们的父亲宝音对两个儿子的评价。

读书，做买卖；做买卖，读书。额尔敦一直在思考，难道我就一辈子赶着驴车、开着汽车东奔西跑做买卖吗？这样的买卖再好，又能怎么样呢？

一个人有了思考，就有了理想，也就有了人生目标和方向。

几天前，一位老师在讲演时说"知识是飞上天的羽翼"，这句话深深打动了额尔敦。要想做大事，必须努力去求学读书。

额尔敦初中毕业，毅然报考哲里木盟（现通辽市）财贸学校。第二年就费尽一番周折转到内蒙古商业学校。

1995年，额尔敦从内蒙古商业学校毕业，同学们彼此留言互勉。他给同学们的留言是"只要有智慧和勤奋，总会喝到金碗里的圣水"。留言后面的签名是"额尔敦公司，木图老板"。

"只要有智慧和勤奋，总会喝到金碗里的圣水"，这是额尔敦的一个理想，一个努力奋斗成就大业的梦想。

一个"社大"毕业生的事业起点

朝格图仿佛是草原上驰骋的一匹骏马。

哥哥额尔敦在呼和浩特努力学习求知的时候，他却"周游世界"，走阜新、北票，跑沈阳、哈尔滨，最远去了广州、深圳。

朝格图心里想：自己也在上大学，是社会大学。

别人问朝格图，走这么多地方干吗？他却轻描淡写地说："玩，玩呗。"

父亲宝音说：朝格图走南闯北花的钱，比供他上大学的钱还要多。

当然，朝格图也不是完全在走，有时候也打工挣俩钱，也回到沙日浩来做些小买卖，卖杂粮，卖时令水果蔬菜，倒腾摩托车，开农贸商店什么的。年龄不大，胆子大。忽然有一天，他和家人商量凑钱，要开饭店。

父亲宝音首先反对："就你，开饭店，做梦呢！"

朝格图认定的事情一定要办，他反复跟父亲商量，也做妈妈和姑姑们的工作。最后他用一笔账说服了大家。

朝格图说：商店的利润是百分之十，饭店的利润达到百分之六十，你们知道吗？两块土豆三四毛钱，饭馆里炒出土豆丝就卖三四块；一块豆腐五六毛，烧出一盘家常豆腐，卖五六块，麻辣豆腐卖七八块。没有比开饭店还能挣钱的买卖。

朝格图转遍大半个中国，从北吃到南，品尝了中国八大菜系，不仅能说出每个菜系的特点，还能说出一些菜的配料和制作方法。

朝格图

他越说越来劲儿，竟把自己吃过的几种菜总结出特点来讲给大家听，他说：鲁菜，讲究汤；川菜注重味；闽菜要求滋味清鲜；粤菜……

从来没有走出过沙日浩来的妈妈，还没有听说这样讲究的菜系，她打断儿子的话，问："儿啊，鲁菜、粤菜什么的，我们从来没听说过，你咋知道这么多呀？"

朝格图嘎嘎地一笑：妈呀，你儿子在"社大"（社会大学），馋瘾（餐饮）系自学这么多年了？总能长点见识吧。

妈妈、姑姑们都笑了。

父亲宝音没有笑，他看到妻子、两个妹妹被朝格图的话逗得前仰后合，重重咳了一声："你们看朝格图能开饭店吗？"

那位开商店的姑姑举手赞成："咋开不了？我侄子一定能开好饭店的，姑姑支持你。"

宝音说："你们都觉得行，那就帮他一把。姑姑、叔叔们都凑点钱，算我借的。朝格图赔了还不上，找我要，我替他还钱。"

20岁的青年朝格图是沙日浩来镇上最早开饭店的人。他给自己的饭店起名叫"新龙"——一条出水的新龙。

"新龙饭店"一座院子，五间正房，四间厢房。院子里能停车，还能存放货物。有南来北往的客人吃饭，停车、存放货物都很方便。两年后，朝格图把原来的土房子推倒、翻新，正房、厢房都盖成砖房子。

1994年在沙日浩来开办的"新龙饭店"是青年企业家朝格图人生和事业的起点。这就注定他要在餐饮经营道路上和他的同事风雨同舟、风雨兼程，走出一条自己的路，踏出一条草原餐饮走向全国、走向世界的创新大道！

第二章

朋友多了路好走

走访牧民家

诞生于小铺里的羊肉领袖品牌

额尔敦图木，这是个蒙古名字，译为汉文，是宝贝、宝藏的意思。也含有纯洁、真诚的意思。

额尔敦木图，姓白。身份证和法人证书上写着：白·额尔敦木图。额尔敦羊业股份有限公司的员工们都亲切地称他为"我们的白总"。社会上也是这么称呼他。

这里，我们先讲讲额尔敦创业的故事吧。

不知道为什么，凡是一个成功的人，在他的生活和事业里总会有一个靓丽的身影。

1995年额尔敦从内蒙古商业学校毕业，分配到内蒙古食品公司做销售员，每天四处送货。那时候他认识了在饭店做服务员的蒙古族姑娘——她就是后来成为额尔敦妻子的八月。

我们采访八月。

坐在我们面前的八月，高挑的身材，健康的肤色，总是微笑的表情，让人感觉到她亲切和自然。这个说话还有些腼腆，在不好说的事或者没有想好怎样回答问题时，她眼睛盯着我们，笑嘻嘻地说："这事该咋说呢……"这个腼腆的女子当时还有一个重要的身份——额尔敦羊业股份有限公司最大的持股者。

八月也是奈曼旗人。1993年来呼和浩特内蒙古师范大学附属中学补习，准备参加高考。没想到一次性要交补习费3000元。她心疼了。家境窘迫的八月，一咬牙，不补习了，挣钱去。放弃补习的八月也不回奈曼旗，干脆留在呼和浩特，到饭店里去打工。

八月说：那时候我就认识了额尔敦，他总给那家饭店送肉。他是个话不多、很诚实、做事特别认真细心的小老乡。我们彼此都有好感。后来，因为额尔敦从单位辞职了，我也换了另外一家饭店做服务生，我们就失去了联系。

一年后，八月再次见到额尔敦，是在她做服务员的天舒饭店。额尔敦木图被叔叔领着在一间雅间里相亲。

那是次不成功的相亲，时髦的姑娘没有看中额尔敦。嫌他没房子、没车子、还没有固定工作。一个不对等的相亲，像一阵风刮来了，又刮走了。

八月知道，这次相亲没有成功。她没有安慰额尔敦。只说：我们天舒也需要羊肉，你就往这里送呗。

额尔敦一次又一次往天舒饭店送羊肉，也送来对八月的温暖。一直对额尔敦有好感的八月，再一次与他建立了联系，彼此好感逐渐加深，爱情的火焰燃烧起来了。

一天，他们把话说开了。额尔敦说：我没钱，家里也没有钱，可我有一双手，相信将来一定会有钱，也会有好生活的。

额尔敦木图和妻子八月的结婚照

八月说：我也有一双手，加起来就是两双手。自己织的绸锦绣，自己酿的酒清香。咱们不靠别人吃饭。

额尔敦握住八月的手说："对，咱们靠自己挣钱，靠自己发展。那我们就一起努力，总会喝到金碗里的圣水的。"

八月不嫌弃额尔敦没房子、没车子、没有固定工作。聪明的女人看中的是人品。

额尔敦木图与妻子八月和孩子哈丽丽

额尔敦和八月结婚，他们没有从家里拿一分钱。额尔敦从货款里暂借一万元，办了婚事。请来亲朋好友喝了一次喜酒，正好收一万元的彩礼，第二天就用这笔钱还了货款。

八月幽默地说："就一天，钱也没了，我也给他了。"说着呵呵笑。

八月，没有生气，没有忧伤。她看重的是丈夫是个做事讲信用的人。蒙古族有一句格言：守信的人，脚下铺着阳光；失信的人，犹如夜行。

八月看准了，她的丈夫额尔敦是一个行走在阳光里的人。

1996 年，八月和额尔敦开了夫妻店卖羊肉，他们起的店名叫"额尔敦羊肉"——这是额尔敦木图最早的店铺和最初的品牌。

小店专卖锡林郭勒羊肉。虽然小店地处偏僻一些，喜欢吃锡盟羊肉的呼市人络绎不绝。八月每天高高兴兴做生意。一天早晨，刚刚开门就迎进来五六位客人。八月笑脸相迎，开始卖肉。她先招呼一位老大爷，卖给老人五斤卷的乌珠穆沁羊肉。八月从冰箱里拿出一卷乌珠穆沁羊肉，放到电子秤上。让老人家看了显示屏的斤数与钱数，老大爷满意地拿着肉走了。

不一会儿，老大爷拎着肉，怒气冲冲返回店里，说：额尔敦羊肉做买卖不实在，表面卷得很好，里面尽是肥油。问给不给换？

八月打开一看，卷肉里真是多了一些肥油，这是她没有想到的。八月二话不说，马上调换。听说老人是打的过来的，她出门给老大爷拦住一辆车，付了往返车费，送老大爷上车。

八月这么做，不是给人看的，更不是作秀。她说：让一个人满意，就会让一千人满意；得罪一个人，就等于得罪一万个客人。

八月给老大爷调换肉，来店里买肉的人都看见了。

一位汉族同志说：蒙古人做买卖真厚道。

一位大娘说：额尔敦羊肉做的是良心买卖，挣的是良心钱。

大家七嘴八舌地赞扬八月和她经营的额尔敦羊肉店。

在顾客和社会上有了这样的评价，额尔敦羊肉生意越做越好。年末，薛家湾一家大企业从八月的店里订购一车羊肉。八月很快组织好货源，请那家企业来人拉货。来人是个快人快语很爽快的汉子，他一看，全部是锡林郭勒优质羊肉，加工包装也讲究。爽快的人高兴地指挥人装车，结算付款后，急急忙忙赶回去给职工发放过春节的羊肉。没想到车在半路上被拦住，检疫站的人要他们出示检疫证。爽快汉子爽快不起来了，身上没有检疫证，要扣车罚款。他没有办检疫证，是自己忘了，也怪八月没有提醒他。这时候他一点办法也没有。他怪自己，也怪八月，在前不着店后不靠村的风雪里拿起手机一通大骂八月。正在家里准备休息的八月被骂得晕头转向。可是顾客是上帝，何况自己确实没有提醒人家要办好检验检疫证。这么远的路，又是满满的一大车肉被拦截在半路上，谁不急，谁不生气呢？八月一边挨骂，一边承认错误。大概那人骂够了，挂断了手机。八月长叹一口气，想了想再拨通那人的手机："喂，老板，不……大、大哥，对不起，真是对不起，那个罚款我来拿，一切损失由我来补偿，好吧。"

手机里传来那个人的声音：八月，我刚才不冷静，说得有些过头，别往心里去。休息吧，明天还忙呢……

八月放下手机，"哇——"地一声大哭起来。这一哭就是一夜，这里有委屈、有伤心、有自责，也有一种温暖和一种人与人之间的信任和友情吧。

一个电话　一条商路

有一个很著名的阿拉伯故事。

这个故事告诉我们，怎样与朋友相处。

有一天，三个朋友在沙漠中旅行，在旅途中，不知道为什么他们吵架了。一个人还扇了另外一个人一记耳光。被打的人觉得受辱，一言不语，在沙地上写下：今天我的好朋友打了我一巴掌。他们继续往前走，走到了一片水域，他们决定停下。挨打的那位朋友在沼泽地里差点淹死，幸好被朋友救起来了。被救起后，他拿了一把小剑在石头上刻了：今天我的好朋友救了我一命。那个打过人的朋友，很好奇，问：为什么我打了你以后，你要写在沙地上，而现在要刻在石头上呢？那个朋友笑笑回答说：当被一个朋友伤害时，要写在易忘的地方，大风会抹去它；相反，如果被帮助，我们要把它刻在心灵的深处，那里任何风都不能磨灭它。朋友的相处伤害往往都是无心的，帮助却是真心的！忘记那些无心的伤害，铭记那些对你真心的帮助，你会发现，这个世界上你有很多真心的朋友。

印度作家泰戈尔有一句名言：在哪里找到朋友，我就在哪里重生。

在经营领域，朋友就是财富，一种无形的财富。

额尔敦事业上的重要伙伴出现了，这个人成为他一生中最好的朋友。

这个人是河北省邢台市台湾美食城总经理、在北京开着几家酒店的大老板李和军。

那天，李总第一次来额尔敦木图的羊肉店，当时额尔敦没在店里。店里只有八月和一个店员，见到李和军就觉得这个人不一般。八月知道，这个人是从楼上那家很有名的肉食品公司过来的。他进入额尔敦的小铺子，说了一些羊肉生意上的事就要离开，八月客气地说："老板是做羊肉生意的吧，能不能留下电话，有事好联系呀？"

李和军一笑，拿过一支笔，在一张纸上写下手机号码走了。

等到额尔敦回到店里，听八月说了刚刚来过的客人，猜出是个做大生意的人。按他留下来的手机号码拨过去，居然接通了。李总已经坐飞机返回邢台市。额尔敦通过电话，问清楚了他需要大批羊肉，而且是锡林郭勒羊肉。李总说："方便的话，你可以带着你的样品肉来一趟邢台嘛。"

第二天，额尔敦就带着两卷锡林郭勒羊肉坐长途汽车去了邢台市。李总的接待显得简洁，安排的住房也比较简陋。他们见面，李总看了额尔敦一眼，不说话。再看他带来的两卷羊肉，一眼就看出，一卷是苏尼特羊肉，一卷是乌珠穆沁羊肉。李总说："你带来了两个地方的羊肉，我就用这两种羊肉招待你吧。"

第二天在餐桌上，李总上一盘肉，请额尔敦吃过，问：吃出是锡林郭勒的羊肉吧？额尔敦点点头。李总再上一盘，又问："你看，这是苏尼特羊肉呢，还是乌珠穆沁羊肉呢？"

额尔敦看明白了，这是李总在考验审查他呢。他伸出筷子，夹一片放进嘴里品尝过，说：这是乌珠穆沁羊肉。再上一盘，额尔敦吃过说：是苏尼特羊肉。李总换着样上了七八盘，每一盘都被额尔敦吃出来了，并且准确无误地告诉李总，哪一盘是苏尼特羊肉，哪一盘是乌珠穆沁羊肉。

李总伸出大拇指，高兴地说："行家，你是行家。我找的就是你这样懂得羊肉的行家呀。"

额尔敦木图笑了："李老板也是行家嘛，我带来的两卷锡林郭勒羊肉。您一眼就看出，哪一卷是苏尼特羊肉，哪一卷是乌珠穆沁羊肉啊。"

说着两个人一起哈哈大笑。

接下来，李和军详细了解了额尔敦羊肉店的生意和家庭情况，知道额尔敦和八月是白手起家，是位热情、真诚的蒙古人，就爽快地答应和他们合作做生意。

额尔敦说："我是专门经销锡林郭勒羊肉的，今天把苏尼特羊肉和乌珠穆沁羊肉都给您带来了，由您选，我保证您需要多少，我送多少。"

李总一笑："我要多少，你送多少？"

"是，要多少，一定送多少。"

李总伸出两个指头，随后又变成三个指头。

额尔敦猜着说："两三吨？"

李总摇头。

额尔敦再猜："二三十吨？"

当李总再一次摇头时，额尔敦很吃惊："难道是二三百吨吗？"

李总说："我的美食城一年需要二三百吨锡盟羊肉，如果由你们一家供应商提供，我又省时又省力，肉的质量也好保障。二三百吨的生意，你的小店能保证随要随到吗？"

"保证随要随送。"额尔敦一口答应。随后，他把锡盟草原羊的养殖、宰杀、加工、销售等情况做了详尽介绍。做了多年餐饮业，又在生意场上摸爬滚打多年的李和军看出，眼前这位年轻敦厚的内蒙古人值得信赖。第一次，李总毫不犹豫把5万元钱打进额尔敦的卡里，预定一批锡盟羊肉。

从此，锡林郭勒草原与华北平原上的邢台市铺设起一条绿色通道，额尔敦羊业和李和军的邢台市台湾美食城签订了长期供货合同，每年往邢台市送去几百吨锡盟羊肉。

在额尔敦往邢台一车一车运送锡盟羊肉，生意火爆的时候，他们的女儿出生了。八月说：我们的好运是女儿带来的。于是给女儿起名叫哈丽丽，汉译为"岩"。表示坚硬与挺拔，一个充满诗意的名字。

八月说，是女儿给他们带来了好运气；额尔敦木图说，是李大哥给他们带来了好生意。两个人争论起来了。后来一致认为，是李大哥带来了好生意，是哈丽丽带来了好运气。

在城里开饭店"火"了

在沙日浩来，朝格图的新龙饭店开始经营得还好，翻盖成砖房后，门面、店面都大有改观。"新龙饭店"四个字也是亮亮堂堂的，招徕得客人常常把四个雅间占得满满的，散座上也是这个走那个来，总是有人。

朝格图好交好为，朋友多，亲友也多。这样有的亲友来了朋友来了，又吃又喝，钱不凑手，或者是忘了带钱，那就记上账，赊着。

这就没有了规矩。

规矩重要吗？很重要。

人不以规矩则废，家不以规矩则殆，商不以规矩则败。

没有规矩，害了朝格图，他辛辛苦苦办起来的饭店，被赊欠弄黄了。

"阿杰"额尔敦早已听说了兄弟的饭店赊账的事。早有思想准备的哥哥在呼市，自治区公安厅东面，马路南租赁了一座二层楼，叫来朝格图经营。饭店的名字也叫新龙，主食还是荞面。

奈曼旗素有"荞麦之乡"的美称，这里种植荞麦有着得天独厚的自然地理条件，昼夜温差大，光照充足，比较适宜荞麦的生长。因此，荞麦在奈曼种植面积大、产量高。因其无农药、无化肥污染而被称为"绿色食品"。奈曼的荞麦品质优良，不仅奈曼人爱吃，东北人都爱吃。奈曼的荞面还在日本、韩国的一些饭店里做成荞面条、荞面煎饼供客人食用。

奈曼旗土壤和气候条件下种植的荞麦，以其"粒饱、皮薄、面多、粉白、筋高、品优"而驰名中外。

朝格图真没有想到，他在呼和浩特新开的饭店招徕许多家乡人。饭店给这些客人做荞面条、饸饹、猫耳朵汤，荞面馅饼、饺子。朝格图又在呼市交下许多朋友。

城里的朋友吃饭不赊账，懂得规矩的朝格图不会再犯以前那样的错误。慢慢成熟起来的朝格图在城市里开饭店得心应手。

接着在2009年6月，额尔敦和朝格图兄弟俩在呼和浩特开办第二家饭店——奈曼食府。

奈曼食府位于呼和浩特市兴安南路老干部活动中心北侧。

在这个位置，三年里换了13家饭店，没有一家能做得下去。就在额尔敦接手前的一年里，就有4家人试着开饭店，没干几个月就关门了。

那天额尔敦、朝格图和公司负责策划的郭永刚来到这个"不祥之地"。这里店铺有500平方米，设有12个雅间，大厅里可安放160个台位。朝格图眼睛看着哥哥不说话。郭永刚看到这里有些偏僻，知道十多家开店都没有成功就摇头。只有额尔敦说："我看这里很好，过不了三个月就会火起来了。"

老板一锤定音，交了年租金16万元，再拿出60万元装修。

一个只开一间小肉铺的额尔敦怎么能拿得出这么一大笔钱呢。他发愁了，想着找谁借钱，想来想去想不出有一个可借的人。这时候八月说话了："找一下邢台的李总，看他能借点钱不？"

额尔敦摇摇头："不合适吧，咱们认识李总时间不长，他能信得过咱吗？"

八月也愁了，可是再也没有地方可借到钱啊。她说："要不算了，咱们不开这个店还不行吗？"

额尔敦说："已经跟人家说好了的事，怎么好变卦呢？"

"那就给李总打电话试一试。"八月说。

额尔敦想了想，终于拿起手机试着给李总打电话。李总一听明白是怎么事，就止住额尔敦的话："需要多少钱，说话，哥给你就是。"

李和军不仅痛痛快快借钱，还要亲自把钱送来。果然，第二天他就坐飞机来到呼和浩特，下飞机见到额尔敦，两个人直接坐车到银行，向额尔敦木图的账户里打进10万元。

"李大哥，谢谢您。"额尔敦第一次开口叫大哥。李和军哈哈笑："那就请我这个大哥去喝酒啊！"

在招待李总的饭桌上，李总说："做肉业，一定要两条腿走路。一个是对外销售，一个是对内消化。外销有多大，内消就有多大，你现在开了一家饭店，内消问题就解决了。将来外销扩大了，饭店、酒店可以多开几家。用内部消化来调节库存，减少库存，避免浪费，掌握市场的主动权……"

悟性很高的额尔敦，一听便领悟到李总的"生意经"高妙，他站起来敬酒："李总，您的一字值千金。这是您送给我又一份厚礼啊！"

后来，额尔敦就是照李和军的这个意见走"外销内消"的两条路，牢牢地将市场的主动权抓在自己手里。

额尔敦和李和军成为很好的兄弟和最好的生意伙伴。李和军后来告诉额尔敦说：第一次见面就喜欢上你这个实实在在做事的蒙古族小兄弟了。

奈曼食府在轰轰烈烈装修的时候，饭店旁边的老干部活动中心，中心门口是公交车站，等车的老干部们七嘴八舌议论起来了：又一个"赔塌"的来这里扔钱来了。

"奈曼食府"装修成蒙古文化风格，突出奈曼饮食的特色。荞面饺子、馅饼，荞面合子、饸饹。菜肴一律是奈曼风味特色菜。

装修3个月，4月12日，开始试营就上客。6月18日，正式开业后，天天客满。

那些认为在这里扔钱"赔踏"的老干部，开始探头探脑地往这边看，后来就走进来吃饭。一吃就吃出味道，开始三两个人来吃，后来一帮一伙过来聚餐，都夸这里的饭菜做得好，价格也便宜。

别人在这里开店就赔，怎么额尔敦木图在这里开店就挣钱呢？郭永刚观察了好多日子，也思谋了好多日子，他明白了。其实就两个字"实在"：实实在在的饭菜，实实在在的价格，实实在在为顾客，就有实实在在的生意。

今后有事我找谁

在奈曼食府经营红红火火的时候，额尔敦木图接到李和军去世的消息。

额尔敦听到这个消息，眼泪一下子流了出来，半天不说话。他说的第一句话就是：走，去飞机场，看我大哥去。

额尔敦来到邢台市李和军家，走到大哥遗像前，献上三炷香，眼里含着泪，久久、久久站在那里。大嫂不忍上前说话，因为她知道，这位蒙古族兄弟与丈夫的友谊有多深，千言万语有多少话要讲，让他讲去吧！李总的儿子不敢上前说话，因为他知道，这位蒙古族叔叔与父亲情义有多厚，让他多看几眼他的大哥，送他最后一程吧！

大嫂搬来一把椅子，侄子端来一杯热茶。他们想着让这两位亲密兄弟多坐一会儿、多谈一阵儿。当母子俩退出这间屋子后，额尔敦推开那杯热茶，端端正正坐到李和军遗像前面，边哭边说：

"大哥，我们刚刚认识。我就觉得您是个好人，就认定您为大哥了。

"自从认识了您，我的生意就好起来了。您一车又一车地从我那儿拉羊肉，可帮我大忙了。

"大哥，大哥呀，我开奈曼食府实在是手头紧，因为咱们认识不久，我没有办法就找您张口。那时候咱们认识才几天啊，您二话不说，就答应拿钱给我。还亲自跑来呼和浩特，把钱交到我手的啊。那时候是您手把手教我学会用银行信用卡的……是您带我去蒙古、俄罗斯的，您在火车上、飞机里教我怎么去识别忠奸好人坏人，怎样去辩白是非曲直……还是您教导我'外销内消'的生意经……大哥啊，您走了，今后再有事我找谁问啊？今后再有谁还会为兄弟挡风遮雨呀！"

他们一个坐在椅子上，一个镶嵌在相框里，一如往日兄弟二人促膝相谈，对酒当歌。不同的是，那时候两个人都有说有笑，而此刻，一个人不语，一个人长歌当哭：大哥呀，您不该这样早早地离开我们啊，呜呜呜……

一直在房间外面坐着的大嫂和她的儿子，听到额尔敦的哭诉，不禁又哭起来了。

母子俩哭了很久才推门进来，李大嫂看到额尔敦额头上、胳膊上一根根青筋暴起，像一条条爬满身上的虫子。那一条条脉管里的热血仿佛是奔腾的热流，燃烧在这位蒙古族兄弟的身心里。她第一次见到，原来蒙古人的热血是这样的激荡，他们的情感又是这样的充沛和激昂啊！

回来吧，额尔敦欢迎你

郭永刚在额尔敦羊业餐饮管理公司任总经理有四五年时间了。郭总个子不高，却是个很健硕的汉子。我们采访郭总，是在额尔敦传统涮体育场店。他来得晚了一些，脚步匆匆地走进大堂。有人喊他郭总，他不理睬。再喊他郭师傅，他点头答应。

郭永刚原先是内蒙古饭店的一名很优秀的中餐厨师，手艺很好，人也勤奋。经人介绍来到额尔敦羊业股份有限公司，帮助额尔敦兄弟开了第一家饭店——奈曼食府。

郭永刚跟着额尔敦木图和朝格图在内蒙古体育场开了额尔敦全羊馆和传统涮两个店。郭永刚在额尔敦羊业干得好好的，额尔敦木图也看出来，郭师傅是呼市餐饮业的一名能人，是自己的一个好帮手，一定为他安排一个重要岗位，发挥他的才能。可是没有想到忽然有一天，郭师傅找到额尔敦木图，说他要离开公司。额尔敦很奇怪，做得好好的怎么就要离开呢？再想想自己也没有对不住他的地方啊。想问为什么？却没有开口。人家想走，自然有他走的理由吧，就答应了。额尔敦说："郭师傅，什么时候想回来，再回来。"

这话让郭永刚心里热乎乎的，眼泪就要落下来了。

郭永刚也是为了家庭和孩子，想自己做几年。他到乌海也是开饭店，辛辛苦苦3年，不仅没有挣到钱，还搭进去一小笔钱，没办法做下去了。回到呼市这家干几天，那家干几个月，都不顺心。这时候他听说额尔敦开的几家饭店红红火火的，还在网上看到额尔敦餐饮公司招聘启事。他按照启事上的电话号码想给公司打电话，电话拨通了又放下。他忽然想起额尔敦说的一句话：郭师傅，什么时候想回来，再回来。郭永刚就直接去找额尔敦，见面就说："白总，我还是想来咱们公司，不知道有合适的岗位没有？"

额尔敦握住郭师傅的手："你是餐饮业的大能人，怎么会没有你的岗位呢？你回来了，额尔敦欢迎你。"

第二天，郭师傅就上班了，工资待遇优厚。2014年成立额尔敦餐饮有限责任公司时，郭师傅被任命为公

额尔敦餐饮有限责任公司总经理　郭永刚

司总经理。郭总爱岗敬业，精通业务。他帮助额尔敦木图、朝格图在呼市、北京、成都开了一家又一家饭店。今天已经开到南国的深圳。我们到各地采访时，听到许多店长、前厅经理说，他们大多是都由郭总亲自考核招聘来的。这些被郭总看中选中的店长、经理个个都是行家里手，将额尔敦饭店、酒店开得风生水起、四面开花。

郭永刚说：额尔敦的心胸像大草原，让人、容人、用人、信任人，这样的人怎么会不成大事呢?!

三句话招来的前厅经理

2012年，额尔敦在内蒙古体育场开了"额尔敦全羊馆"。这是额尔敦餐饮公司旗下的第一家餐饮店。面积400平方米。是以铁板烧和高端蒙餐为主的饭店。

内蒙古体育场建在呼和浩特市成吉思汗大街，于2007年建成。这个位置远离市中心，在当时有些偏僻。额尔敦开400平方米的店，也算不小了。呼和浩特城市建设向北、向东扩展。成吉思汗大街铺设开通后，周边土地在一片一片地开发。额尔敦看出来，这里过不了几年是一片高楼大厦。他的"额尔敦全羊馆"一定会火起来的。

额尔敦全羊馆开业，公司在网上发布招聘店长、后厨人员、服务员的公告。班学飞从网上看到招聘公告就前来应聘。

在体育场全羊馆，班学飞见到朝格图。穿着很随便的老板，一点也看不出老板的样子。朝格图看了一眼班学飞，没有让座，也没有客套话，问："来应聘的?"

班学飞点点头。

"想聘什么岗位?"

班学飞说:"前厅经理。"

朝格图再问:"你以前在哪干过?"

班学飞:"在西贝。"

"在西贝是什么职务?"

"服务部经理。"

朝格图再一次打量一眼这个在西贝当过经理的班学飞,说:"你回去准备一下,等我的通知吧。"

班学飞初中毕业16岁就走进社会,白天做小买卖,晚上做烧烤。还合伙与他人开饭店、卖烧卖。2004年进西贝,从实习员工到服务员,再晋升成副主管,经理做了七年。

西贝餐饮成立于1988年,发源于内蒙古临河市(今巴彦淖尔市)。经过多年执着坚持、辛勤开拓,从最初的一个"黄土坡小吃店"发展成为在全国拥有200多家店面、从业人员1.6万多人的中国餐饮企业,培养出一大批经营、管理专业人才。

额尔敦餐饮有限责任公司副总经理 班学飞

可谓著名的餐饮大企业，市场分布于北京、上海、广州、深圳、天津、石家庄、沈阳、西安等全国各大中城市。西贝成立时间长，注重人才培养。西贝管理人才、专业技术人才很多，可谓人才济济。

班学飞为什么要离开西贝，又为什么选择额尔敦羊业？是个问号。

班学飞刚刚到家，朝格图的电话就打来了：通知他明天到体育场店上班。

第二天，班学飞上班了。他应聘的职务是前厅经理。所以他一到岗位就以前厅经理的身份指挥前厅的工作。没有任命，也没有谁来宣布他是来干啥的。店里人都有些莫名其妙，有不服的，有不理他的，也有翻白眼的。班学飞都看在眼里。他不管，该做什么做什么。

第一天是这样，第二天也没有任命。一直到第六天。朝格图才来到班学飞面前："走，咱们去商店，给你买一套工作服。"说着就拉他走到门外上车。他们跑了三家大商场，在海澜之家选中一套藏蓝色西服，还有一件白色衬衣、一条蓝色领带。班学飞穿上在试衣镜面前一站，看到镜子里的自己神采奕奕，他笑了。那时候他就觉得此时此刻起他就是额尔敦全羊馆真正的前厅经理了，第一任经理。

2018年6月16日，我们在包头海德酒店见到班学飞。这时的班学飞已经是内蒙古额尔敦餐饮有限公司的副总经理了。西装革履，胸前佩戴工牌。班副总透着一股精明、干练，又有几分文雅。

他首先告诉我们，他为什么要离开西贝选择额尔敦羊业。班副总说：西贝大企业，人才荟萃，发展空间大，竞争也激烈。年轻人想得到一个发挥展示自己的平台需要一段时间，或者说一个很长的时间段。我不想在这个漫长的时间里耐心去等待，这是我离开西贝的原因。那为什么要选择额尔敦餐饮呢？因为这个刚刚成立的企业老总是个年轻人，有活力和激情，更容易想到一起、做到一起。

班副总还特别强调的是：额尔敦餐饮在社会上有很好的口碑，一个刚刚成立的企业很快在社会上树起良好的形象是不容易的。这是一个有发展前途的企业，也是我成长进步的平台啊。

班学飞管理很内行，他正式上任就让店面焕然一新。又很快制定了员工行为规范、奖惩条例、考勤管理等一系列规章制度。

其中员工行为规范里"仪容仪表"一条就严格规定：着装要清洁整齐，纽扣要齐整。不能将衣袖、裤子卷起。衣服下摆要扎在裤腰内；仪容要大方，指甲要常修剪，不涂有色指甲油。男不留长发，女不留怪异发型和颜色奇异染发。不散发，前发不遮眉，后发不过肩；男士每天要剃刮胡须，早要刷牙，饭后要漱口；每天上班前要检查自己的仪表，整理仪表要在卫生间和工作间；微笑热情接待客人，使用敬语，使用普通话等。规范十分严密细致。

后来，额尔敦餐饮有限责任公司在班学飞制定的规章制度的基础上，做了大量补充扩编成为《员工手册》分发给每一位员工。员工们严格按照手册里的11章规则，规范自己的仪容、仪表、语言。

我们从南到北采访过许多额尔敦开的饭店，每走进一家店，门口都有服务员，他们都异口同声，微笑问候：您好，额尔敦欢迎您！

2013年8月8日，经过两个月试营业，额尔敦传统体育场店正式开业。当时挂牌叫"拖雷"。拖雷蒙古语为镜子，也是成吉思汗孛儿只斤·铁木真的四子，在窝阔台继位后，拖雷为蒙古监军。额尔敦取用蒙古语中的"镜子"来正己、正身、正自己开创的事业。

拖雷店的主营是蒙餐和火锅，也有中餐，后来还引进了法式铁板烧。

铁板烧发源于西班牙，但是自从传入日本之后，在日本经过40年的发展，铁板烧的名头越来越大。法式铁板烧，是由中式、日式、法式三种相结合而来。

我们知道，世界上最浪漫的国家是法国。以法式来命名也能让人联想到法式铁板烧所含有的浪漫意境。法式铁板烧追求的是口感与气氛，充分发挥酱料与食材之间的配合，使之香气浓郁，令人迷醉。再加上铁板烧师傅在铁板烧台优美的表演、优雅的言语，使得这种浪漫的氛围达到了极致。

一次，两位白总额尔敦和朝格图请我们去品尝法式铁板烧。我们刚刚坐到6号台，服务员就过来说：先生，这里有预定客人，请到别的坐台就餐吧。我们看到1号坐台上没有客人，就转坐1号坐台。刚刚坐下来，又有另一名服务员走过来说：先生，1号台在昨天就订出去了，请再换一个地方吧。

最后，我们坐到散座上只有4座位的小型坐台上，由朝格图和秦副总陪着我们吃了一次法式铁板烧。

这天，额尔敦还招待了来自西安洽谈合作开办饭店的几位老总。因为所有雅间都已经预订出去了，西安的客人也和我们一样坐在大堂里就餐。

在额尔敦任何一家饭店、酒店，客人至上是最庄严的承诺。就是董事长、总经理来了，也不能与客人争座。

额尔敦传统涮也由班学飞来做前厅经理。这样班学飞就做了两个店的前厅经理。仅仅两个月，新开的额尔敦传统涮就火起来了，营业额成倍上升。

因为生意好，额尔敦全羊馆和额尔敦传统涮都扩大了店面。全羊馆向南扩充了500多平方米；传统涮向北扩充了500多平方米。体育场东侧基本上成为额尔敦餐饮的天下了。

班学飞负责两个店的前厅工作，工作量增加。一个人做两个人的工作。我们问他：白总没有给你加薪吗？

班学飞摇摇头说：没有。

你没有提出加薪的要求吗？

班学飞说：如果我想挣钱，就在西贝做下去了。来额尔敦餐饮公司寻求的是个人成长，寻找的是一个发展平台，展望的是未来前景。

班学飞的判断和选择是正确的。

2014年2月，来额尔敦餐饮仅仅两年的班学飞就被调到额尔敦餐饮有限责任公司，出任副总经理，负责运营和培训工作。

班学飞做了副总后，更积极地工作。他协助公司，配合几位老总先后开了公园路西店、绿地店、加州华府店、呼市机场店等多家店，并且在全国陆续开了几十家额尔敦传统涮、额尔敦酒店。

2017年，额尔敦餐饮有限公司派总经理郭永刚和副总经理班学飞到清华大学MBA餐饮经理培训班学习。

清华大学MBA餐饮经理培训班是专门培训饭店、酒店中高层管理人才的培训机构。培训日常前厅工作管理、餐饮客户服务、店内培训、人员管理等。

人才是企业最重要的一种无形资产，企业人才培养就是为企业未来发展做一个很好的铺垫。额尔敦常说：拥有远见比拥有资产重要，拥有能力比拥有知识重要，拥有人才比拥有机器重要。因此他和他的企业十分注重人才发现和人才培训。企业培训一是"走出去"，二是岗位培训，对有能力的员工破格提拔。比如王兵，2017年来公司，一来就做体育场店的前厅经理，半年后转做全羊馆的前厅经理。2018年3月去当海亮店的店长，两个月后调到加州华府店做店长。

还有齐敏，因为工作好、能力强、负责任，刚刚30岁，来公司时间不长就被破格提拔为一级店长。在公园西路店工作不久，又调到山东聊城做店长，独当一面去了。

2018年7月5日,《额尔敦周报》发布了一条消息,呼和浩特区域额尔敦店的三位年轻人,通过严格专业考核(笔试、面试)由前厅主管晋升为前厅经理,他们是:体育场店刘红、机场店范志勇、公园西路店段继峰。额尔敦餐饮公司特意为这次晋升举行任命仪式。副总经理班学飞为三位新任前厅经理颁发任命书,由郜经理带领他们进行上任宣誓。

这是额尔敦餐饮管理有限公司第一届前厅管理岗位竞聘活动,以仪式形式授命三位前厅经理在公司该是第一次。

仪式是庄严的,这种仪式代表公司对三位新任职人员的信任和尊重,更是公司对他们的重托。

额尔敦说:什么叫管理,管理就是发现人才、培养人才,让优秀的员工各居其位、各尽其责,就是企业最好的管理。

第三章

品质好　品牌才好

用自己的名字命名的品牌

一个优秀的品牌，背后似乎都有一个有趣的传说或故事。

额尔敦羊业品牌背后也有一个故事。

蒙古族是马背上的民族，一日三餐除了奶，最离不开的就是羊肉。最出名的美食也常与羊肉有关，比如烤羊腿、烤羊排。而现在吃火锅必点的羊肉片，传说就是成吉思汗发明的。成吉思汗有一次亲率大军南下远征。行军路上，人困马乏就想休息吃饭。行军中的野餐很差，成吉思汗突然想起家乡的清炖羊肉就忍不住口水，就吩咐下去。厨子就立马宰杀羔羊，烧火准备炖肉。

这时候突然探子来报，说敌军正在逼近。可是成吉思汗已经饥饿难耐，就一边下令部队准备战斗，一边继续催厨子做清炖羊肉。厨子知道成吉思汗性情急躁不敢怠慢。可羊肉需要很长时间才能炖熟，等到羊肉炖熟了，敌军也就追来了。怎么办呢？厨子急中生智，把羊肉从块切成了薄片，然后放在锅里涮了几下就捞出来，撒了点调料，就给成吉思汗端上来了。

成吉思汗吃完就去迎敌，凯旋而归。成吉思汗很高兴，又觉得厨子有功，就又让他再做了一次炖羊肉，让麾下的将领们一起品尝。大家吃了都赞不绝口，成吉思汗于是给它命名为"涮羊肉"。"涮羊肉"后来也就成了宫廷佳肴。

这是个传说。

这个传说被旅行家马可·波罗写进他的《马可·波罗游记》里，

还说他在元大都皇宫里亲眼目睹了蒙古宫廷筵宴，并且尝到了蒙古人火锅——涮羊肉。

今天我们食用的涮羊肉早已脱离了原始状态。文明的餐饮文化、科学的养殖方法、现代化的加工技术、新型的配料调制，将传说中的"火锅"蝶变升华为今天人人喜欢吃的天然美食。

一个传说故事，诞生出一个享誉全国的著名品牌。

品牌专家认为：只有品牌才是公司最珍贵的资产，唯一拥有市场的途径是拥有具备市场的优势品牌。

品牌，说到底是一种承诺。

——面对消费者，面对社会，对产品品质的承诺，对产品价值保证的承诺。

谁拥有了这种承诺，拥有优于他人的优质产品和众所周知的品牌，谁就是这一领域的领先者。

内蒙古额尔敦羊业股份有限公司通过企业文化赋予了品牌鲜活的生命力和非我莫属的无形张力，面对社会与广大消费者彰显着自己独有的个性、品质与魅力。

1996年，额尔敦经销牛羊肉，就以自己名字"额尔敦"作招牌，用自己的名誉卖良心肉。2004年3月正式注册了内蒙古额尔敦羊肉食品有限公司，打出"额尔敦羊肉"这个品牌。2014年12月，"额尔敦羊肉"被呼和浩特市知名商标认定委员会评为"知名商标"；2015年7月，被评为"中国十大品牌"。

在"额尔敦羊业"的品牌在社会上打响后，企业也在不断发展壮大。2013年12月，被评为内蒙古自治区农牧业产业化重点龙头企业；2015年6月，企业正式转制变更为内蒙古额尔敦羊业股份有限公司后8月为评为"内蒙古食品行业标杆企业"，9月再次被评为"草原生态产业联盟成员单位"。

2016年1月，公司成功登陆新三板（证券代码：835538），获得了市场的认可资格。

额尔敦羊业正式上市，成为内蒙古羊业少见的上市公司。

额尔敦羊业立足草原，面向全国的专业性从事牛羊肉生产及销售的现代化食品企业，是内蒙古自治区农牧业产业化重点龙头企业、锡盟农牧业产业化重点企业。新三板挂牌上市后，成为内蒙古自治区的代表性品牌。

今天，额尔敦羊业股份有限公司走向全国，形成以内蒙古等北方区域为中心，辐射华北、华中、华东、华南的许多城市，打造以牛羊肉食品消费为主的产业链。额尔敦羊业逐步从BOB模式延伸为BOC消费模式，在全国建立起许多战略合作伙伴，铺设"额尔敦蒙古涮""额尔敦全羊馆""额尔敦酒店""额尔敦羊业直销店"40多家饭店营销店。采取牛羊肉直销和饭店自消双轮驱动模式，让锡林郭勒生态牛羊肉走进千家万户，成为人们餐桌上的一道美食。

公司创办伊始，额尔敦就用"额尔敦"作为公司名称，打造公司品牌。这是内蒙古自治区很少见的以个人名字命名的产品品牌，作为企业名称的公司。额尔敦用人名、人品、人格来保证"额尔敦羊业"的品质。也用人名、人品、人格来发展壮大"额尔敦羊业"事业，更是用人名、人品、人格来捍卫"额尔敦羊肉"的声誉。

一个优秀品牌的打造，凝聚着老板与全体员工的心血，品牌一旦打响，需要坚守和捍卫，是老板与全体员工共同坚守、共同捍卫。

品牌是企业的生命，也就需要用性命去捍卫她。

北京"六必居"是个有着500多年历史的老字号酱园。他们坚守了五个世纪，靠的是老板与员工共同的坚守，甚至要用鲜血与生命去捍卫。北京"六必居"是山西人于明朝嘉靖年间开办的酱园。老店历经动乱与战火，风雨飘摇，几经风霜却不倒牌。改革开放后，老店新风，越办越红火，靠的就是上下齐心。据史料记载，庚子年间，八国联军进攻北京，义和团火烧卖洋货的店铺，"六必居"所在的前门外粮食店街遍地火海。在大火殃及老店时，伙计张夺标冒着生命危险从大火浓烟中把写着"六必居"店名的牌匾抢救出来，藏于崇文门外一家临汾会馆。战火平息后，躲难在外的老板返回京城，见到焚坏一片的老店废墟，他没有流泪。在废墟里一遍又一遍翻找牌匾时，老板流泪了。后来牌匾被伙计张夺标拿给老板时，老东家喜极而泣，拉住张夺标的手说：你抢救了"六必居"这块牌匾，就等于救了"六必居"老店，也救了我的这条老命啊！

牌匾，就是品牌，老店靠的是不倒的品牌。

走过五个世纪的"六必居"依然有着旺盛的生命力，他们生产的酱菜不仅是我们普通百姓喜欢佐餐的一道小菜，还登上大雅之堂，成为人民大会堂国宴上必备的一碟小菜，供国内外贵宾品尝。今天，"六必居"品牌商标注册到美国、日本、澳大利亚等二十多个国家和地区，成为驰名中外，脍炙人口的民族品牌，将美味可口的中国传统酱菜推向世界。

"六必居"牌匾就是他们的品牌，就是他们的生意。

经营几个世纪的"六必居"老板明白这个道理，来自草原的年轻企业家额尔敦木图也懂得这个道理。没有品牌就没有生意，就没有市场。品牌就是产品的生命，就是企业的百年根基。

有着品牌意识的额尔敦木图努力打造着自己的品牌。

内蒙古自治区工商局于2016年11月23日组织召开内蒙古著名商标认定会，认定委员会21位委员一致通过额尔敦羊业股份有限责任公司注册的"额尔敦羊业"商标为内蒙古"著名商标"。

今天，他们正积极争取获得全国知名商标委员会评定的"驰名商标"。

中国最高等级的商标为"驰名商标"，由国家商标认定委员会来评定，为国家认定的最高级别商标。额尔敦木图充满信心，他说：争取在最短的时间里，获得"驰名商标"评定资格。额尔敦木图志在必得。

有目标，就有方向；有信心，就有抵达。

有着高度社会责任感和品牌意识的额尔敦羊业股份有限责任公司，成立20年来受到社会的欢迎，也得到政府的认可，多次被评为"中国十大羊肉品牌""中国羊肉领袖品牌""百姓放心餐饮品牌""十大人气品牌"等许多荣誉并加以表彰。

企业发展的关键因素是企业的"主脑"——企业的老板和领导者。企业的领导者思想一定要解放，思维必须打开，格局务必放大。

领导者的胸怀和格局决定着老板行不行，也决定着团队行不行。领导者行，团队就行，他们共同创造的品牌就可能行。

今天，世界经济逐步形成全球化、一体化趋势。在现代经济中，品牌是一种战略资产和核心竞争力的重要源泉。对于企业来说，树立品牌意识、打造强势品牌成为保持战略领先的关键。正如美国著名品牌专家拉里·赖特所说：未来品牌的战争——品牌互为长短的竞争，商界和投资者都必须识别，只有品牌才是公司最珍贵的资产，唯一拥有市场的途径是拥有具备市场的优势品牌。

企业家的政治操守和文化素养，决定着企业的文化品位和社会担当；而企业家的个人品德，做人的魅力决定着企业的发展与前景。

一个产品有了品牌，就有了灵魂，就拥有了市场。

一个人，用自己的名字创办一个企业，也用自己的名字命名一个品牌。如果把这个当作奇思妙想，或者简单地看成一种新意是肤浅的认识。这个创意是向社会、向顾客昭示：我在用人名、人格、人品来保证企业名誉，保证产品品牌的声誉。

这就是一个蒙古族企业家的品位、格局与胸怀。

"蒙餐大师"一夜难眠

2015年9月12日，内蒙古额尔敦羊业股份有限责任公司"牛转乾坤，羊帆远航20周年庆典"在呼和浩特市内蒙古饭店隆重举办。来自内蒙古自治区、呼和浩特市相关单位领导对额尔敦羊业20年发展和取得的成就给予高度赞扬。

其中，内蒙古餐饮协会会长郎立兴说：额尔敦品牌已经享誉全国，为全国餐饮业提供了一个好食材、好平台、好味道。

好食材，来源于锡林郭勒的苏尼特羊和乌珠穆沁羊，那么好味道呢？

好味道来自高超的厨艺和技术精湛的后厨工作人员。

额尔敦餐饮公司聘请的总厨叫弓建斌，他被冠以"中国烹饪大师"和"内蒙古蒙餐大师"等称号，还获得"金毛狮王"称号。

我们在没有认识弓建斌以前就知道他的大名，在内蒙古卫视"蔚

额尔敦餐饮有限责任公司行政总厨 弓建斌

蓝色的故乡"节目里不止一次看到他在镜头前表演的厨艺。他加工的滑熘里脊用传统的做法、传统的炒勺，烧出的菜却有不一样的色香味：肉是原色的，菜是原色的，汤汁全部被肉食吸收，盘子里没有一滴汁液。弓大师表演的"甩糖丝"更是一绝。几勺子天然绵白糖，250克水在锅里搅拌熬制，大约10分钟，糖汁逐渐变金黄色，在达到186˚C时停火，待稳定在186˚C时开始急速均匀地甩丝。几分钟后一头金黄色的"雄狮"，活灵活现展现在大家眼前，每一根糖丝细如毛发。大师加工出来的"雄狮"被誉名为"圣祖金狮子争霸"，不仅国内有名，还走上了国际餐桌。

2009年10月，在第三届全国厨艺绝技表演暨鉴定会上，弓建斌就用"圣祖金狮子争霸"取得了"最佳厨艺"奖。当时，绝技鉴定现场评委和裁判感叹说：这是一场融艺术、技术、表演为一体的展示，一场视觉、味觉的盛宴。

2011年11月，中国餐饮协会组织弓建斌等厨师前往马来西亚，参加"第六届马来西亚国际食品贸易"活动。在活动期间，弓师傅积极推广内蒙古菜品，表演中华美食绝技。他听说马来西亚人喜欢吃抓饭，就用内蒙古的羊肉和米饭，研制出一道"羊肉炒饭"，再配以草原野生小菜，吃得马来西亚人赞不绝口，也受到国际友人和国际金厨们特别赞赏。一位马来西亚金厨尝过弓师傅带有内蒙古风味的"羊肉炒饭"后，开玩笑说："大师，您能不能把羊肉炒饭的技术教给我，算是你给我和我们国家的一份礼物呢？"

弓建斌21岁从事厨艺，师从中国烹饪大师王文亮、郭海旺。严师出高徒，在三尺灶台流汗流泪，苦练功夫。获得"烹羊专家"尊号的弓建斌带着他的团队，以内蒙古食材牛羊肉为主料，研发出新型的"烤全羊""烤羊腿""烤羊排""全羊宴"……已经成为额尔敦餐饮的主打菜系。弓大师推出的"一斤肉，一斤串"是传统羊肉串的一次革新、一种新的吃法、一种新的味道。"一斤串"选用锡林郭勒最好的羊肉，经过精心腌制和烤制的大型羊肉串色泽金黄，外焦里嫩。

"一斤肉，一斤串"参加全国烹饪大赛获得"中华名小吃金奖"，成为额尔敦餐桌上的一道好玩、好看、好吃的名小吃。

弓大师从事厨艺30年，他从蒙古大营到蒙古风情园，再从圣地成陵到额尔敦餐饮，创作出一系列草原风味饮食和蒙古特色菜肴。

2016年10月8日，额尔敦深圳店正式开业，北国草原蒙餐走进南国。华南第一家的额尔敦店，以蒙古马文化为主题装饰。身着蒙式服饰的姑娘微笑迎宾："额尔敦欢迎您"新颖而独特。开店初时来致贺的、来捧场的、来品尝的也算络绎不绝。可是仅仅一个月后，来客逐渐减少了。有一天中午只接待一桌客人，50名前厅后厨工作人员只为10位客人服务。店长张勇急得恨不能到街上去拉客人。

张勇店长说："那些天，我的心都是凉的。"

怎么办？难道投进一千万元的店，刚刚开张就关门？

问题出现在哪儿？大家坐下来分析。有人说，产品不对路；有人说，不服水土；有人说，南北方气候差异，额尔敦羊肉不适于南方人食用等等，议论纷纷，莫衷一是。

最后，店长张勇决定请额尔敦餐饮公司派人来指导作业。

派来的人是公司行政总厨"烹羊专家"弓建斌。

弓大师听了汇报，又和店长、后厨、前厅经理一帮人开会研究，分析情况，寻找原因。会议整整开了9个小时，还是没有拿出一条合适的整改意见。店长张勇在最后一个小时的讲话都在批评大家，听得弓大师都有些坐不住了。

一天的会，什么事情也没有解决，大家不欢而散。张勇是气呼呼离开会议室的，连晚饭都没有吃，直接回家躺到床上。可是，一夜未眠，凌晨刚刚入睡，手机响了。谁这么早就来电话？他没有好气地"喂"一声，听出是弓师傅的声音：快去店里生火，把厨师们都叫来……

张勇一听就知道，弓大师一定是有办法了，这是要亮绝招呀！店长很快通知了后厨的师傅们，还把前厅经理、主管叫上。自己匆匆忙忙开车到店里。

弓师傅已经在厨房里，换上工作服，动手熬制他经过一夜思考的几种汤锅。

第一锅，传统锅，白开水，调成老汤。

第二锅，新鲜番茄汤。

第三锅，菌汤（十多种菌类）。

第四锅，香辣汤（川味、纯辣味）。

第五锅，鸳鸯锅（小锅）。

第六锅，苁蓉汤。

弓师傅还把六锅汤分别定价为：18元、28元、38元、48元、58元、68元。比原先单纯的传统涮的价格分别提高一倍至四倍。

南方人吃东西讲究、细腻。根据他们要求量少、品种多的特点，减少每一盘羊肉的斤两，一斤变成6两装、4两装。小菜也花样多种。

果然，创新改革的六道汤很对南方各种客人口味，加上经过20多遍研制出来的花样小菜也让客人大开眼界、大开味觉。回头客越来越多。年末还要提前预定才能吃到美味可口的额尔敦羊肉宴。

2018年6月，我们采访"蒙餐专家"弓建斌，只见他一身白色工作服，佩戴着"中国名厨"的徽章。大师说话自信而充满激情。我们问起他在深圳做六道汤的事情。

大师说：那天开9个小时会，我只听，一句没说。最后一小时就听张勇批评了，我也没说话。我知道他这个店长着急啊！那天张勇没有吃饭就回去了，我也只扒拉两口就回到酒店，躺在床上一夜没睡。深圳店是额尔敦的华南第一店，如果这个店做不好，在深圳站不住脚，我们在广东就开不了第二个店。怎样做好？我想深圳是个开放城市，人口来自全国各地，客人口味杂，咱们只提供一种传统涮怎么会满足这些南来北往的客人呢？中国人口味讲东辣西酸、南甜北咸。想到这里我也开窍了，为什么不研制一套符合各种口味客人的汤锅呢？这时候已经是半夜了，一点睡意也没有。我就按照各地人口味特点和他们的需求，一种汤锅一种汤锅配料设计，到天明想出六种汤锅的配料设计方案。这时候更没觉了，爬起来就给张勇打电话。估计张勇也没有好好休息，接电话哈呵欠连天，听明白了我的话，也精神了，马上通知人去店里。

在店里忙活一上午，六道汤锅一边熬制，一边品尝，一锅比一锅新鲜，一锅比一锅有味，一锅比一锅上档次。大家多少天阴沉的脸，今天晴了，多少天没有的笑容今天也绽放了。张勇店长更是高兴，命厨师烧菜，请大家举杯同庆。

弓建斌一夜未眠研发的六道汤锅，不仅让华南第一店火爆起来，它真正的意义还在于打开了南国市场。没有错，在我们2018年采访深圳店时，他们正在选择合适的地址，准备开第二、第三家额尔敦深圳店。他们还计划在广州开店。还想适当的时候在香港、澳门去开拓市场。

如果说额尔敦立志让锡林郭勒生态羊"从草原到餐桌"，那么，弓建斌和他的厨师团队用精湛的厨艺完成的是最后一个环节——一桌绿色、营养、美观、美味的羊肉大餐令人大开眼界，惊奇不已。

张勇说：弓师傅的六道锅汤，是"额尔敦品牌"上的六条金环啊！

在我们对本书稿做最后一次修订的时候，从广州又传来一个好消息：2018 年 11 月 2 日，由内蒙古自治区人民政府组织，由内蒙古自治区商务厅、农牧业厅联合举办的"内蒙古味道——内蒙古绿色农畜产品展览会"在广州市开幕。这次展会的主题是"亮丽内蒙古，绿色好食材"。我们通过视频再一次看到"蒙餐大师"弓建斌的现场厨艺表演。他头戴红色厨师帽，身穿白色工作服，正在调制一锅火锅汤。有参观者问："师傅，锡林郭勒草原的羊肉真的一点也没有膻味吗？"

弓师傅涮出一筷子羊肉，送到那人鼻子下面，问道："您闻到膻味了吗？"

"没有，真的一点也没有膻味耶。"

不吃不知道　一吃忘不掉

2017 年，内蒙古自治区成立 70 周年。7 月 21 日，以"开放的中国'壮美内蒙古诚邀五洲客'"为主题的外交部第 9 场省区市全球推介活动在外交部蓝厅举行。外交部长王毅面对 130 多位驻华使节、国际组织驻华代表、高级外交官和工商界代表、中外专家学者和媒体记者 500 余人，从国际视觉宣传内蒙古、推介内蒙古。王毅部长说：内蒙古的羊肉好不好吃？我说：不吃不知道，一吃忘不掉。

内蒙古的羊肉好吃，锡盟羊肉更好吃，保证一吃就忘不掉。

就在前几天，一个来自广东的旅游团队，在网上查到额尔敦羊肉品牌，一定要先尝为快。一下飞机就由当地导游领着来到额尔敦体育场店。广东人在吃喝上是非常讲究的，口味也刁。他们坐下来点菜，有的说吃羊肉，有的说吃牛肉。服务员把两种肉一起端上来了。

一位先生津津有味地吃着涮羊肉，旁边的女士问："你吃得那么香，羊肉不膻吗？"

先生说："不膻，这里的羊肉一点膻味也没有的啦。"

女士一直在吃牛肉，看到旁边的先生吃得有滋有味，有点馋了，就夹起一小片羊肉放进锅里，涮过，小心翼翼地放进嘴里，嚼几口，又夹一片，再涮，再吃。然后就招呼大家："快吃羊肉的啦，一点膻味也没有耶。"

一个接一个，刚才吃牛肉的客人争先恐后抢着吃羊肉。

那位一直吃羊肉的先生说："原来到内蒙古，一是想看草原，二是吃羊肉。今后来内蒙古，一是为吃锡盟羊肉，二是看草原。"

大家同声响应：一是吃羊肉，二是看草原。

广东旅游团在呼和浩特周边地区参观游玩了一个星期，说好最后一顿餐，一定要安排在额尔敦传统涮。果然，他们离开呼市的最后一

额尔敦传统涮呼和浩特海亮店

餐，又安排了一顿额尔敦传统涮，而且，上的全部是锡盟羊肉。

他们在锡林郭勒草原游玩了几天，在酒席上一直在唱歌：

锡林郭勒草原上，

有一曲蔚蓝的歌，

歌声飞落在天边，

带给我生命的欢乐。

……

在离开额尔敦传统涮餐馆时，广东客人再次表达了他们的心情与愿望：来内蒙古，一是吃锡盟羊肉，二是看美丽草原。

锡林郭勒羊肉为什么这么好吃

今天，我们不仅在内蒙古吃到锡盟羊肉，在西安、济南这些北方城市吃到锡盟羊肉。我们还在上海、成都、广州、深圳吃到锡盟羊肉。

锡林郭勒羊肉走进江南、走向全国了。

这是传奇。

锡盟羊肉传奇，是因为生长哺育这种羊的草原传奇。当我们一迈进锡林郭勒大草原，听到的就是美丽传奇的咏唱：

锡林郭勒草原上，

有一条天上的河，

精品肉类

　　河水流淌在我心里，

　　那就是锡林河，

　　成吉思汗的金帐，

　　曾在这里坐落，

　　忽必烈汗的号角，

　　总在河边响彻。

　　……

　　在蒙古语中，"锡林"是丘陵的意思，"郭勒"是河流的意思。锡林郭勒就是"高原上的河流"，一个诗情画意的地名。

　　锡林郭勒有一个奇美的传说。

　　在800多年前的一个八月，成吉思汗与皇后孛儿帖带领十万大军南下。他们来到一片草原，看见一条清澈见底的河流，如同腰带一般流淌在大草原上。这里地势平坦，河面开阔，河的两岸绿草如茵，百花绽放，牛羊在河边草地上安详地吃草。成吉思汗马鞭一挥，对皇后说："你看这里草原多美呀，蓝天白云，绿草红花。我被这里的草原迷住了，被这里的河水迷住了，被这里的牛羊迷住了……"

62

孛儿帖皇后说："我们眼前这条河再弯曲一些，这片草原就更美了。"

成吉思汗呵呵笑："那就按皇后说的办，让河流再弯曲一些吧。"他们跃马扬鞭，在草原上纵马驰骋，就像飞翔。皇后黄色的围巾被风翻卷成一朵流动的金色的云。他们跑了很久，再回头看，身后的锡林郭勒河变得弯弯曲曲。孛儿帖惊奇地喊起来了："啊，锡林河，怎么一会儿工夫河水就变得这么弯弯曲曲的呢？"

成吉思汗大笑："这是长生天的造化啊。"

从此，一条弯弯曲曲的锡林郭勒河水千回百转，宛如一条白色哈达在草原上流淌着，滋润着草原，养育着草原上的牛羊。

天赐草原锡林郭勒，是世界四大草原之一。草原风貌保存完整，是唯一汇集内蒙古九大类型草原特色的草原，也是中国北方草原最华丽、最壮美的地段，素有"天堂草原"之美称。这里，绿草如海，畜

锡林郭勒草原上的羊群

群如云，毡包点点，河曲流银。这里有集蒙古族衣食住行民俗文化为一体的"蒙古浩特"；这里有再现古老草原游牧民族生活景观的"游牧部落"；这里还有展示森林草原向草甸草原过渡带特色的"森林草原生态区"。

锡林郭勒草原是中国温带典型草原中最有代表性的，也是保存最为完好的一块天然牧场。素有"草甸子"美称的乌珠穆沁草原，原为阿尔泰山脉葡萄山一带的游牧部落名称。传说，"乌珠穆沁"人原本生活在一个叫乌珠穆山的地方，山上长满葡萄。"乌珠穆"，蒙语里意为葡萄，"沁"蒙语意为"'有'或'摘'葡萄的人"。因此"乌珠穆沁"就是蒙语葡萄山。

锡林郭勒草原不仅植被类型繁多，而且植物种类也十分丰富，为发展畜牧业提供了良好的生态环境。锡林郭勒盟拥有18万平方公里可利用草场，牲畜饲养规模连续8年稳定在1000万头（只）以上。无污染的优质畜产品遍销全国各地和日本、中东市场及中国香港地区。乌珠穆沁肥尾羊、苏尼特羊等一系列优良畜种，在国内和国际市场上享有极高声誉。

锡林郭勒草原是我国境内最有代表性的丛生禾草枣根茎禾草（针茅、羊草）温性真草原，也是欧亚大陆草原区亚洲东部草原保存比较完整的原生草原部分。区内已发现有种子植物74科、299属、658种，苔藓植物73种，大型真菌46种。其中药用植物426种、优良牧草116种。保护区内分布的野生动物反映了蒙古高原区系特点。1987年被联合国教科文组织接纳为"国际生物圈保护区"网络成员；1997年晋升为国家级主要保护对象为草甸草原、典型草原、沙地疏林草原和河谷湿地生态系统，是世界闻名的大草原之一，也是我国四大草原——内蒙古草原的主要天然草场。

额尔敦木图与外国友人在一起

2005年10月23日，中国最美的地方排行榜在京发布。评选出的中国最美的6大草原，锡林郭勒草原位列其中。

锡林郭勒草原风光旖旎，水草丰美，蓝天白云，碧草如茵，空气中花草香氤氲，锡林河水在九曲十八弯间潺潺流淌……锡林郭勒羊便产自这样的原生态纯天然的大草原。羊群在草原上自然牧养，食优质牧草，饮天然河水，在无边的草原上自由奔跑。它们能够认识草原上的牧草和有毒植物。四季食以天然牧草和野沙葱、苜蓿、野韭菜、黄花等中草药的散养羊，肉质味美鲜嫩，肥而不腻、瘦而不柴、咀嚼有劲，营养更丰富。能够固本扶阳、升腾正气、培补脾肾，是理想的滋补上品。

有人生动地比喻：锡林郭勒的羊，吃的是中草药，喝的是矿泉水。其肉产品绿色、营养、滋补、纯天然、无污染，具有稀缺性和唯一性，自然是羊肉中的珍品。

额尔敦的传统涮，就是用锡盟羊肉涮出来的。它来自一个遥远的成吉思汗远征路上的故事，厨师急中生智为圣主做的"羊肉涮"。

今天我们在额尔敦的饭店、酒店吃涮羊肉，那完全是另一番滋味。色泽鲜美的肉在清水里一涮，原汁原味，辅以老料、番茄、蒜泥三料，各取所需。再加上满桌子的糖蒜、豆腐乳、芝麻油、辣椒油、葱花、韭菜花等多种多样的小料调拌，生态羊肉，天然美食，就是神仙也会馋涎欲滴了。

梁实秋先生在《雅舍谈吃》一文里有记载：离开北京，休想吃到像样的羊肉。湖南馆子的红烧羊肉，没有羊肉味，当然也就没有羊肉特具的腥膻，同时也就没有羊肉特具的香气了。想必梁实秋先生一定没有吃过锡林郭勒羊肉，这里的羊肉既散发着盈盈香气，又因为生长环境中遍布天然药材而祛除了羊身上的膻味。

在锡盟羊肉里，乌珠穆沁羊肉和苏尼特羊肉最有名。乌珠穆沁羊肉肥肉多一些，但肥而不腻，胴体丰满，色泽鲜明，鲜嫩多汁，蛋白质含量高，是国家运动员必备的肉类。苏尼特羊肉，瘦肉率高，肉质鲜嫩，高蛋白，低脂肪，富有人体所需的各种氨基酸和脂肪酸，是制作"羊肉涮"的最佳原料。

常吃这两种羊肉的人，都能吃出乌珠穆沁羊肉和苏尼特羊肉不同的味道来。

苏尼特羊肉好吃早已闻名天下了，只有从小生活在锡林郭勒草原上，吃着家乡羊肉长大的锡盟人才能吃出这个味儿来，才能品尝出这个香来。生活在20世纪初北京的梁实秋先生，哪里会品尝到散发着盈盈香气的锡林郭勒纯美羊肉呢？

苏尼特草原上一直流传着一个传说：很久以前，住在京城里的皇帝听说苏尼特羊肉是世上最好吃的羊肉，就派遣一位大臣到苏尼特买羊。大臣带着几个人到苏尼特买了一只黑头羯羊返回京城。离开羊群的黑头羊被几个人牵着赶着，好不容易走出草原，黑头羊突然挣脱牵绳跑掉了。那位大臣很害怕，皇上等着吃羊肉呢，这可怎么办？一位手下人说："再去苏尼特买羊怕是来不及了，不如到附近再买一只羊，反正都是草原上的羊，皇上还能吃出来哪是苏尼特羊、哪是别的草原上的羊吗？"大臣一听就在丢掉黑头羊的草原上又买了一只黑头羊，赶进皇城，叩奏："皇上，您要的苏尼特羊，我们献上了。"皇上大喜，令御厨备好厨具，点火烧水涮肉，召集众臣一同品尝苏尼特羊。皇上将几片羊肉涮过，在调料碟子蘸过芝麻油放进嘴里，细细品尝过说："听说苏尼特羊肉非常好吃，朕品尝也不过如此，与别的地方羊肉并无多大差别嘛。"

群臣也随和着皇上议论纷纷：不过如此，不过如此。苏尼特羊肉徒有虚名啊。

这时候，有人报："皇上，一位草原上的年轻蒙古人给您献羊来了。"

皇上"哦"了一声："今天众臣好有口福嘛，再把这只羊也杀了，尝尝是什么味道。"

御厨再杀羊，再烹制。很快将又一锅羊肉端上来了。皇上吃了一口，又吃一口，一盘羊肉全吃进肚子了，才抬头说："此羊肉天下美味也！"众大臣一个个吃得津津有味，吃过放下筷子说："圣上所言极是，此羊肉鲜美可口，比苏尼特羊肉好吃多了。"

这时，大殿门外有人哈哈大笑："皇上，各位大人，你们刚刚吃的才是我们苏尼特草原上的羊肉啊。"说话的正是刚刚送羊来的年轻人，"你们买走的羊半路跑回了羊群，我知道羊一定是挣脱牵绳跑回来了，我又牵着它送来献给皇上、献给各位大臣了。"

皇上和大臣们听了年轻人的话，才恍然大悟。皇上很恼恨那个弄虚作假的大臣，问众臣："你们说说朕该怎样处罚丢羊、又欺君的人啊？"

有人说杀头，有人说关进大牢里。这时候送羊的年轻蒙古人说："皇上如果您真喜欢吃苏尼特羊肉，不如让这位大人跟我去苏尼特草原放羊好了。让他养好羊进献皇上不好吗?"

皇上看着年轻人的蒙古人，呵呵一笑："好主意，朕准了!"

第四章

遍地黄花

北京，请品尝额尔敦传统涮

北京人爱吃、会吃、懂吃、讲究吃。北京人能吃出门道儿吃出品位。他们还讲究什么季节吃什么，比如春节吃腊八蒜、夏天吃茄子、冬天吃火锅。

火锅，是北京人最喜欢吃的美食了，北京也是各地各种火锅最集中的城市。中国南北火锅在这里各显其能。南方有上海的什锦火锅、杭州的三鲜火锅、浙江的八生火锅；北方的有老北京火锅、山东的羊汤火锅、东北的白肉火锅，还有独具特色的四川麻辣火锅等火锅店布满京城的大街小巷。

北京火锅有一百多年的历史，最早的火锅要从著名的百年老字号"东来顺"说起。

东来顺的创始人叫丁德山，是河北沧州人。早年北京人冬天烧煤球取暖。做煤球要用黄土，丁德山就是往城里运送黄土的一个苦力。他每天手推小车运送黄土要路经老东安市场，那时候东安市场是皇宫的马场，文武官员上朝骑马乘轿到这儿就得下马落轿，再步行由午门进殿觐见皇上。于是这里成了车水马龙人来人往的热闹处。

丁德山看准了，就在这个风水宝地上搭了一个棚子，门上挂起"东来顺粥摊"的牌子，卖玉米贴饼子、小米粥。小摊生意十分红火，又请来一位抻面师傅做抻面，招待南来北往爱吃面食的北京人。

东安市场马场这个地方由一个叫魏延的太监管理。这个人爱吃抻面，常常坐到丁德山的小摊上吃一碗抻面。丁德山是个有眼力的人，每次魏延来了，都要细心招呼，说些让他高兴的话，很是讨太监的欢心。魏延见丁德山聪明机灵，又会来事儿，就认他做干儿子。1912年，东安市场失火，粥棚也在大火里烧得一干二净。魏延拿出一些银两，张罗着在原址盖起3间瓦房，让丁德山再开店。起店名叫"东来顺羊肉馆"，卖的是羊肉、羊汤、羊杂碎，后来还添了涮羊肉。有文字记载：当时的东来顺选用的羊肉主要是苏尼特羊肉。

涮羊肉特别受京城百姓的欢迎，丁德山又拿出重金从前门外正阳楼饭庄挖来一位刀工精湛的名厨合伙经营羊肉馆。这位名厨果然是高手，他把羊的产地、用肉的部位、切肉手法都做了一番研究。他切出来的羊肉片薄、均匀，能看到肉片里的花纹。肉片切好整整齐齐摆进青花瓷盘子里，像一盘盛开的花，成为东来顺羊肉馆切肉的一道景致。东来顺由此而出名，慕名而来的文人墨客一边吃喝，一边赋诗做文，还写楹联：涮烤佳肴名远播，烹调美味誉东来。小饭馆发展成大饭庄，店名就改为"东来顺饭庄"，请来在皇宫当差的刘润民题写新的店名。

老字号"东来顺饭庄"被誉为"中华第一涮"，享誉京城，享誉中外。"文化大革命"红卫兵造反，将"东来顺饭庄"牌匾摘下来，砸了，烧了。饭庄也改成"民族饭庄"。1977年又重新恢复"东来顺饭庄"老字号店名。店名恢复了，原来的牌匾却找不到了。丁德山又邀请时任中国书法家协会副主席的陈叔亮再为老店题写店名。

东来顺饭庄风雨沧桑一百多年了，长盛不衰的老字号越来越好。1988年以东来顺饭庄为主体，组建了北京东安饮食公司，隶属于东安集团，新组建的东来顺饭庄结束了"独此一家，别无分号"的历史，开始走出京城在全国各地开设分店。

一锅清汤，涮了一百年。

在北京想吃什么地方的火锅，就有什么地方的火锅；想吃什么味道的火锅，就有什么味道的火锅。

额尔敦餐饮打进北京是一个机会，更是一种挑战。

董事长额尔敦常常说的一句话是：世上只有想不通的人，没有走不通的路。额尔敦大步走进北京城，2016年8月1日，额尔敦传统涮北京西河坝店正式开业。

西坝河店位于朝阳区西坝河北里6号，一座2层楼房。位置选得好，周边是居民区，附近有医院、大学还有公园。西坝河店从2015年末开始装修，草原文化风格的店堂，采用总部统一定做的桌椅板凳，古朴而典雅。仿古的景泰蓝铜锅和精美的餐具，高雅而华贵。这些一下子就亮了北京人的眼睛。试营业期间就十分火红，正式营业后

天天客满。

说到装修，还有一个感人的故事。

额尔敦西坝河店要给这座小楼装一部电梯，为的是方便顾客，特别是便于一些老年顾客上下楼。装电梯要办审批手续，要提交房屋主权人出具的同意改变房屋结构的意见书。这样问题就出现了，租用的这座二层小楼是二次出租。二次出租方说：我们也是租用，没有这个权利。额尔敦店再找房屋主权人，主权人说：我的房子已经租出去了，房屋的使用权属于租用方，我在租用期间没有出具同意改变房屋结构手续的权利，你们从谁手里租用就找谁去呀。

因为这里牵涉一些责任，以及后来的电梯的保留和拆除的费用问题，所以他们互相推诿，都不想承担这个责任。说破嘴皮子也没用。而额尔敦店一定要安装一部电梯。怎么办？最后的意见是一定安装质量最好的电梯，保证安全。待租用期满后，人家需要电梯就送给他们，不需要再拆除，一切费用自己来承担。

店里花29万元，电梯安装好了。这大概是北京城唯一有电梯的二层楼了，再不会有第二家。

额尔敦西坝河店想着顾客，顾客也就喜欢这个店，一个新开的店，食客盈门是一件很不容易的事。那么额尔敦传统涮在火锅遍地的京城为什么一开始就走红呢？

大师弓建斌一语道破，他说"好东西会自己说话，好品牌自己去证明"。

北京的老食客都明白，元、明、清以来，锡林郭勒乌冉羊、乌珠穆沁羊、苏尼特羊一直是皇室御用贡品，成为皇室、贵族宫廷宴会必备的佳肴。今天北京人坐在自家门口就能吃到当年皇上吃的羊肉，北京人会吃、讲究吃的品位就出来了。

西坝河店周边是一片居民区，他们是额尔敦传统涮的常客。其中有一位满族老大爷，红光满面，一脸络腮胡子如雪染，一副仙风道骨的样子。老人家是西坝河店的老顾客，一开始老两口来涮羊肉，后来带着一家人来涮一顿。老人也喝一点酒，特别是和老伴儿两个人来，身旁没有儿孙，说话就放开了，他讲满族人吃火锅有一千年历史了。满族人喜欢吃火锅，也讲究吃火锅，他们吃天上锅（飞禽锅）、地上锅（走兽锅）、水中锅（鲜鱼锅）、渍菜白肉锅，各有各的味儿。

店里有人问："老大爷，这些锅您都吃过吗？"

老人家胡子一捋："吃过，在京城想吃什么就有什么。在年轻的时候东来顺、鸿运轩、聚宝源、口福居多了去了，挑着吃。不过还是传统涮最有味道。那是老年间皇上爷吃的玩意儿。吃的是排场，吃的是规矩，吃的是老北京味儿。"

老人家抿一口酒，夹起一片肉，放进嘴里慢慢咀嚼咽下去，又说："先前，涮锅汤底都是清汤，只有清汤才能涮出羊肉的鲜味儿来。那时有一种羊肉叫'半边云'，和这个名字一样，端到桌子上的一盘羊肉半肥半瘦，肥肉白，瘦肉红，红白相间，好看又好吃。肉端到桌子上不管多长时间没有一滴血水渗出来，这肉就地道，是店家没有做手脚的好肉。"

这时候老先生已经酒足饭饱，他把盘子里最后两片羊肉倒进锅子里，把盘子亮了亮，说："看见没有，一点血水都没有，这就是好羊肉……"

这时候，有人看自己盘子里的羊肉，果然盘子里没有一点血水渗出来。

老先生举杯喝掉最后一口酒，涮过刚才放到锅子里的两片羊肉，捋了一把胡子站起来，拉着老伴儿走出店门。

这是北京额尔敦传统涮西坝河店时常上演的一幕，因为老先生和他的老伴儿常常到店里涮一顿。

额尔敦传统涮不仅北京老年人喜欢，年轻人也喜欢，周边几所大学的学生们也常常来这儿涮一涮。还有附近机关单位的职员也时常过来品尝来自锡林郭勒草原的纯天然美味。

一天，来了几位神秘客人，坐到二楼里面的一个雅间，只有一位穿着黑色西服的年轻人为他们点菜、点酒水。服务员把菜肴端上楼，都由这位年轻人端进雅间。几位客人不张扬，更不高声说话，静静地喝酒，细细地品味这里独特的草原美味。他们离开店也和来时一样，悄然而来，悄然而去。

谁都不知道，他们是谁。

两天后，那个穿西服的年轻人又来到西坝河店，说他们前天在这里吃的羊肉特别好吃，想买两箱子肉。店长就按羊肉的批发价卖给他两箱子羊肉。也许是这个年轻人有所感动吧，他说："你们知道前天来你们店的几位客人是谁吗？"

不知道？

年轻人说出其中一个人的名字，店长张了张嘴，还没说话。年轻人用食指压在嘴上"嘘——"一声，拎起两箱子羊肉走了。

——这是个几乎人人都熟悉的一位领导人。

2018年8月1日，中国人民解放军建军节，西坝河店迎来一队特殊客人。他们是中国人民解放军中部战区陆军38集团军在京战友来此举行庆祝建军91周年联谊活动。一些三十岁、四十岁、五十岁的人依然以军人英姿，高举着军旗在额尔敦传统涮组织联谊。他们将鲜红的军旗挂到墙上，每一个战友都把自己的名字庄严地写在军旗上面，再向军旗敬礼。

为了增加军营气氛，他们在每一张桌子上都摆上不同的桌签：38集团军司令部、38集团军252医院、38集团军女子特战营，等等。

他们是额尔敦传统涮西河坝店的特殊客人，店里以最优惠的价格结算他们的餐费。这是额尔敦餐饮对退役战士的敬意，也是对人民子弟兵的一片真情。

额尔敦餐饮在北京开的第二个店在南三环中路合生广场5楼。这里有写字楼、有福海服装大厦。还有中国交通银行和平安银行，是往来人员集中的地方。合生广场店雅间6个，散座180个。因为周边有温州人的服装批发市场，南方人居多，店里除了传统涮羊肉外，还特地为南方客人准备了海鲜锅。这样一来店里南北方客人都喜欢在这里就餐，甚至商会的聚餐也常常安排在合生广场店。

店长席心灵原来是北京西坝河店的第一任店长，合生广场店一开业，他就调到这里当店长。他很高兴地告诉我们，今天中午店里接待了六位韩国客人。这是他们刚刚开业一个月第一次接待外国客人，因此服务得很热情周到，为客人介绍推荐店里的主菜和特色菜肴。韩国客人中有位会讲汉语的人，他说："我们是慕名而来吃额尔敦涮羊肉的，我知道你们这里的羊肉是纯天然的，来自锡林郭勒草原的生态美食。你别说了，给我们上羊肉锅，红酒……"

席心灵说："客人吃得非常满意。临走时说他们还要来。又要了我们的订餐电话。"

额尔敦传统涮在北京开的第三个店在杏坛路40号B座3层。因为在北京电影制片厂对面，所以也叫额尔敦传统涮北影店。2018年经过半年筹备后开业。

北京电影制片厂，这是一个令人向往的地方，不说厂内的影视文化单位有多少，在厂外就有中国电影学院、北京现代艺术研究院、中影沙龙影视、北京名星盛世影视艺术培训中心。还有中国政法大学和北京邮电大学。这里就是一个文化、影视中心，是电影、电视人最集中的地方，还有每年来北京报考电影学院补习、考试的学生和他们的家长不知有多少人。额尔敦传统涮在这里开店，不想火也得火起来。

2018年11月9日，北京第四家店正式开业。这家额尔敦传统涮在朝阳区东三环中路16号，京粮大厦2楼。新店开业，为"北京爷们儿"午餐打6.9折，晚餐打7.8折。好礼相送，笑脸相迎，蒙古人做生意，首先是交朋友。

在北京开过几个店后，额尔敦传统涮引起媒体的重视，北京电视台"美食"栏目免费做了一次节目，向市民推介刚刚入住北京的新店。还有BTV《美食地图一探到底》——额尔敦传统涮节目的主持人用京味京腔说：北京火锅店多了去了，为什么额尔敦传统涮客人越来越多呢？因为这里的火锅里涮的是来自内蒙古大草原的纯天然生态羊肉。用炭火铜锅涮的羊肉质感好，正宗地道。后腿肉、太阳卷、羊羔五花肉、手切鲜羊肉在铜锅里涮半天，汤锅里的汤水还是清亮的。香煎肥牛王和在别的店很难吃到的羊腿肉，加上免费赠送的香葱、香菜、韭菜花、酱豆腐、辣椒油12种调料，吃过就忘不掉。

主持人的解说伴随着《美丽的草原我的家》的优美旋律，画面上是草原、河流、牛羊；鲜嫩的羊肉、精美的调料，还有吃得津津有味的客人。

额尔敦传统涮为什么在北京站得住脚，还能扎下根来？他们还有一招儿。什么招儿？"随乡入俗"。一句话，要懂得北京人的习俗、北京人的口味、北京人的讲究。

北京人什么事都有个讲究，最讲究的还是吃，什么季节吃什么，什么节气吃什么，用北京老话讲"什么日子口儿吃什么"。北京的几家额尔敦火锅店的店长、服务生都喜欢听"老北京"讲老北京的故事，特别是愿意听他们讲北京人的规矩，讲北京人吃的讲究。

每一个节令吃什么、怎么吃，有老先生就讲了：他说立春吃什么？吃春饼啊，俗话叫"咬春"，烙薄饼、摊鸡蛋；寒食节和清明节两个节令挨着，一起过，吃"十三绝"，豆面糕、艾窝窝、糖卷果，一共13样，一样不少；端午节，北京人叫五月节，吃小枣江米蘸白糖；到了中秋节，家家都吃月饼；正月十五吃元宵，这个和全国各地一样，吃元宵，闹元宵，看花灯图的是一个喜庆。

这个"什么日子口儿吃什么"北京人叫"吃时令"。额尔敦火锅店在每一个节令都推出一些客人讲究的时令小吃，让他们特别高兴。他们吃着这些讲究的小吃，觉得很有面子。

老先生还告诉他们，北京人好面子，甭管是腰里鼓鼓的"款爷"，还是兜里瘪瘪的"板儿爷"，你都得给他们面子。你给他一个面子，他还你更大一个面子。谁要是不懂这个理儿，卷了"北京爷们儿"的面子，"北京爷们儿"的一通数落让你找不着北。

这就是老北京的理儿，老北京的谱儿，老北京人的讲究。一句话，老北京的饮食文化。

额尔敦火锅店的员工们学习汲取的就是这种北京餐饮文化。

北京有3000多年的建城史，800多年的建都史。自古以来就是多民族杂居的地方，56个民族均有人在这里生活学习，是民族成分齐全的城市。北京不仅是我们的首都，还是一个重要国际城市。40年的改革开放，北京敞开襟怀，接纳外国友人，成为东方最具魅力的都市，"爱国、创新、包容、厚德"是北京精神；"包容、时尚、文明"

则是她的性格。额尔敦餐饮不仅开进北京，还能稳稳站住脚跟，让我们再一次看到这个东方都市的豁达开朗的品格。在这里我们也看到了额尔敦传统涮，一个来自草原生态美味挑战北京餐饮市场的勇气和自信，在短短不到两年时间里已经开了四家餐饮店。那么在未来的三年或者五年里，额尔敦传统涮在北京的餐饮店会更多，也会更好。让北京人、让在北京的外地人和在这里的外国朋友尽情地来品尝锡林郭勒草原绿色、健康、营养、生态美味吧！

北京，尝尝咱们的额尔敦传统涮！

北京有个"羊肉巴图"

其实，额尔敦羊肉早在2006年就打进北京，出现在首都人民的餐桌上。

在北京第一个卖"额尔敦品牌"羊肉的人，叫巴图。京、津人习惯将一个人名字和他从事的职业联系起来称呼，比如：拉骆驼的"骆驼祥子"，捏泥人的"泥人张"，都是职业和姓名连缀在一起，叫得亲切，也叫得明白是谁，是干什么的。北京人也给卖羊肉的巴图起了这样一个名字，叫"羊肉巴图"，后来又减去一个字，叫"羊巴图"。

巴图也是奈曼旗人，今年44岁。他上过大学，学的专业是计算机，毕业后留在北京一家企业打工。学计算机专业的人却不喜欢做计算机的事，从草原出来的人也不习惯企业里按时上下班的规矩，一个很好的工作没做多长时间就辞职不干了。

巴图告诉我们，他离开企业跑过市场，搞过策划，还做编辑出版过图书，挣了一些钱，也不想干了。突发奇想做买卖。

卖什么呢？

坐在我们面前的"羊巴图"，已经买了12年额尔敦品牌羊肉，他说："南方人卖茶叶，蒙古人就应该卖羊肉。"

我们不知道巴图这个理念产生的理由和背景是什么？一向"见异思迁"的巴图一头扎进卖羊肉的行业里兢兢业业，从一斤斤羊肉卖出去，送一箱箱羊肉到饭店，再一车车羊肉批发到市场，走过一段曲折而艰辛的路。

额尔敦羊业北京分公司总经理 巴图

2006年，巴图在东城区中国美术馆后街71号，内蒙古宾馆院内租了一间10平方米的小屋，买了一台冰箱，卖开了额尔敦品牌羊肉。一开始一天只卖七八百斤，因为锡林郭勒羊肉好吃，又经巴图宣传说这是纯天然放养的草原羊，来店买羊肉的人越来越多。也有饭馆、饭店来订购的，巴图就送去。那时候他哪里舍得雇车送羊肉呢，近处的用自行车送，远处的上公共汽车，闹了许多笑话。

一次坐车送羊肉，巴图把羊肉包在麻袋里，趁上车人多他遮遮掩掩挤上车，站在车里用身子挡住麻袋，怕被售票员发现。售票员卖票走到他身边，看到他脚下的麻袋，疑惑地问："麻袋里是什么呀？"

"狗，一只小狗。"巴图支支吾吾地回答。售票员接着卖票，当她再一次走到巴图面前，看一下麻袋里露出来的两条羊腿，售票员没有说什么，巴图却窘促得一脸通红。巴图到站下了车，在车门口很感激地看了一眼那位售票员。这是十年前的事了，巴图今天给我们讲这个故事时也是很激动。他非常感谢那位善解人意、没有赶他下车的售票员大姐。

如今，巴图的羊肉卖了12年，他已经拥有了自己的企业，有店铺、有冷库，还有运输羊肉的车辆，也有自己的小汽车和很不错的住宅。他还在内蒙古大厦二楼租赁了两个商铺，一个卖内蒙古各地生产的酒，一个专卖额尔敦品牌羊肉。

今天，巴图的羊肉走进北京的千家万户，从去年开始供货全国人大机关服务中心、人民大会堂店。鲜美的锡林郭勒羊肉成为首都群众和中外来宾餐桌上的一道美味。

巴图的羊肉生意这么好，靠的是好羊肉，靠的是好服务。

那天，我们坐在内蒙古大厦二楼额尔敦羊肉店里。这是谁上楼都能看到的两个销售店，一个卖酒，都是内蒙古各地产的各类酒水，一边是专卖额尔敦羊肉。

听巴图讲述他在北京创业的故事。他身后就是12年前买的那台冰箱，浅绿色的漆面已经斑驳，制冷器还在运转，发出轻微的"嗡嗡"声，似乎在诉说一个草原学子的北漂、创业、发展的故事。

巴图是一位新时代的青年，他喜欢读书，对哲学书籍尤为有兴趣。懂得哲学的人说话风趣而幽默，巴图慢声慢语的语言富有哲理，他说：有时间还是要多看书，多思考。我喜欢看点哲学书刊，为的是开阔一下视野。哲学让我懂得怎样看待这个世界，怎样去看待周围的人和事，用自己的脑袋去分析判断事物，并且做出正确的选择。选择正确就成功，选择错误那就是失败。外国有一个哲学家在走路的时候都要思考问题、仰观天象、思索宇宙的奥秘。一天他观察天象，知道将有一个橄榄的大丰收年。于是趁着冬季橄榄油坊的租金很便宜时，凑足一笔资金租赁承包了城里所有的榨油坊。果然不出所料，橄榄大丰收，接着油坊紧张，他便将所有的油坊按自己出的价码转租出去。哲学家的"期货"，一出手就挣得盆满钵满。

在北京，巴图打工、做策划、当编辑，都没有做下去，唯独卖羊肉做得风生水起，从一间小屋的小本生意发展成为京城的大买卖，自己做了大老板，这和那位外国哲学家搞"期货"的目光不谋而合，两个人是一样的。

巴图说："蒙古人就应该卖羊肉。"这句话虽然有失偏颇，但是，巴图这样说了，表达的是一种民族情怀、一种草原情结，对自己从事职业的一种情愿。

我们在北京采访，巴图一直陪着我们。巴图很忙，不时有电话打进来，电话不仅是北京、天津的，还有沈阳、长春、哈尔滨的，都是订购他的羊肉。有5吨、10吨、20吨大笔买卖。巴图总是微笑着接一个又一个这样的电话。有的还是多次打交道的客户，巴图就多问候几句，或者开几句玩笑，手机里便传来"哈哈"的笑声。这边的巴图笑得更是开心。

承德街里蒙餐香

一说到河北省承德市，就想起避暑山庄。这是皇上避暑、游乐、狩猎的地方。皇上、大臣、权贵巨贾在什么地方，什么地方就讲究吃喝，这个地方的餐饮业也就火热起来了。

承德地方传统饮食有着200多年的历史，因为所处的地理位置，各民族的文化交流以及历史轨迹对承德地方风味小吃和食俗习惯产生着主要作用，而宫廷御膳小吃的流传对承德本地区的小吃产生着巨大的影响。宫廷御膳一讲器美，二讲形好，三讲味美，四讲应时。承德地方小吃在品种上、花样上、制作工艺上都相当讲究，故而其色香味形别具一格，形成了自己既丰富又多彩独有的地方小吃特色，以及独有的餐饮文化。

因为承德环境特殊，各民族聚集，各种饮食习俗相互交融，形成了承德兼容并蓄、博采众长的饮食文化。

额尔敦餐饮走进承德，无疑对承德市多种多样、丰富多彩的饮食是一种锦上添花。

引进额尔敦传统涮的孟氏兄弟——孟令强和孟令东。两位兄弟为孟子第44代孙，其家乡在承德围场县金拔满蒙自治乡。

孟令强是北京额尔敦传统涮西坝河店的股东和创办者之一。他看到北京的生意那么好，也想在承德开一个店。和白总谈过后就着手在

额尔敦传统涮河北承德店烤全羊仪式

承德选店址，就是今天我们来到的承德市双桥区富华商贸城额尔敦传统涮。这是一家半地上半地下室的铺面，入口开阔而敞亮。我们拾级而下，身着蒙古族服装的姑娘首先微笑问候：额尔敦欢迎您！

承德店与各地所有的额尔敦传统涮一样，除以草原、骏马、吉祥云、蒙古包为装饰外，我们还看到墙上悬挂着清朝几代皇帝的画像和满族风俗画，突出了承德特有的文化意蕴。

承德店占地2800平方米，内设18个雅间、9个蒙古包、24个散台，可供350多人就餐。

商家讲顾客是上帝、顾客至上，首先要保证顾客的安全。承德店是半地下室，这里的通电、通风、通道在一开始设计的时候，额尔敦木图和孟家兄弟都特别重视。所以选的电缆、电线、电器、通风设备都是知名厂家的大品牌产品。安装也请的是承德市最优秀的工程队。卫生洁具则是TOTO日本产品，18个雅间里的灯饰各具特色，一个雅间一个样，都是纯手工制作。餐桌是老榆木，椅子是外国进口的红橡木。青花瓷餐具统一制造，专为额尔敦餐饮店使用。室内的格力中央空调，可以用遥控来自动调节每一区域的制冷模式。

用最好的设备、用最讲究的餐具是额尔敦传统涮承德店的一个特色，仅这一项投资就多出几十万元。

为什么呢？一切为顾客。

承德店经过短短一个月的试营业后，于2018年3月28日正式运营，客人络绎不绝。草原健康美味，满汉文化结合的装饰，热情周到的服务成为承德客人心向往之的蒙古族特殊风味美食。饭店正式开业没几天，承德市饭店餐饮行业协会侯广江会长一行来到额尔敦传统涮来调研。他们奇怪，这个店为什么这样火。店长告诉侯会长，他们做到了"四优""四纯"。

什么叫"四优""四纯"？

"四优"：有最优秀的团队，用最优质的食材，用质量最优的装修材料，请最优秀的设计师、施工队装修。

"四纯"：用最纯真的锡林郭勒肉羊，做最纯正的蒙古传统涮，用最纯粹的绿色调料，使用最纯美的景德镇餐具。

承德店为调研的客人展示了他们独有的蒙古风情烤全羊。

据史料记载，烤全羊是成吉思汗最喜爱的一道宫廷名菜，也是元朝宫廷御宴中最为隆重的一道美食。全国各地的蒙古王公府第也都用烤全羊招待贵宾，是高规格的礼遇。到了清代颇受满族皇帝的青睐，称之为"诈马宴"，并以此招待蒙古王公，以示尊宠。

烤全羊的制作方法原先一直为宫廷御厨及大都（今北京）的各王府内的厨师所秘藏。清代康乾年间，北京"罗王府'（阿拉善王府）的烤全羊名气最大。他们家的蒙古族厨师嘎如迪名冠京城。

各地蒙古王府中虽然都有烤全羊，但唯有阿拉善王府的烤全羊最有名。因为阿拉善王府有一批以胡六十三烤全羊师为首的大师傅掌炉。 阿拉善王府烤全羊为什么名气最大？这是因为阿拉善王府烤全羊的烤制方法与众不同。它是在蒙古族传统"火烤羊肉"的基础上吸收了北京"焖炉烤鸭"的方法制作而成的。其制作办法是：选取两个月左右的优质山羊羔一只，宰杀后取出内脏。然后用调料腌制腹腔，用蛋黄、盐水、姜黄、孜然、胡椒、面粉等调拌成糊状的汁子涂抹在羊的全身，风干后放入烤炉内。四五个小时后即可出炉食用。特点是：色泽全红好看，皮酥脆，肉鲜、嫩、香。烤全羊出炉的时候，香飘满室，令人垂涎。绵羊肉虽可食，但肥而多膏，膻味浓烈。山羊是专供食用的品种，比起绵羊肉更细嫩、更鲜香。 在汉字中"鱼""羊"为"鲜"，可见中国人对羊肉的青睐由来已久。

烤全羊宴开始了。

服务生将烤全羊抬进蒙古包，以头部向内抬进去，羊头朝北摆到桌子上，身着蒙古族服装的司仪按照蒙古人吃烤全羊的礼仪，首先祝颂词：

祝愿家家美满幸福，

但愿一切平安安康。

嗬——

上苍大帝赐予的大恩佑，

圣主铁木真的举世首创，

鼎盛蒙古的优良习俗，
人皆奉为至上的整羊。
玉皇大帝赐予的恩惠，
圣主成吉思汗首创仪轨，
全蒙古族的共同习俗，
召唤吉祥的整羊。

嘛——

现将全神贯注其形状，
交口称赞整羊的美姿。
向各位尊客讲述详情：
如从其正面细看一阵，
一幅吉祥图案的召唤，
积攒五畜增长的运势。
如从腰背扫视一眼，
就像布满塔木齐的牛羊，
悠闲自在嚼吃茵茵绿草。
从其侧面一看，
姿态犹如海日汗大山，
舒展的双臂腋下，
容纳翱翔的大鹏鸟。
从尾部放目一眼，
似乎一卷一舒的白云。
凸显肥满臀部的整羊，
如我们满眼领略，
充满福分的瑰宝，

膘肥肉满的整羊，

领受它丰厚的福分，

祝福它丰盈吉祥。

嗬——

让我们祝愿好运永恒，

涂抹吉祥的奶皮黄油，

让我们祈愿财运亨通，

敬献美好的一片心意，

以祝愿永存大福大运！

　　这时候，按照蒙古族礼仪，由客人从羊头上抓起一小块奶食，自己品尝一口，并且在羊的额头上划开玉印，或者如意形状的刀印，再从羊背两侧豁开两刀，取出来两条肉，一条祭天，一条祭灶火；然后自己再取一条肉，小吃一口。若是桌上有长者，必须先要敬献给老人品尝。然后手一挥道："嗬，请大家尽情享用吧。"

　　这是额尔敦传统涮承德店里的一次蒙古烤全羊仪式全景式展示。侯广江会长为这个仪式剪彩。侯会长致辞说：内蒙古的额尔敦餐饮给承德老百姓带来了原汁原味的蒙古族特色风味，协会希望额尔敦能立足于承德，丰富承德餐饮市场，发扬勤勉自强的时代精神和奋发有为的承德精神，不断做大承德市场，不断完善自身，不断扩大品牌的知名度和美誉度，抓住发展机遇，做大做强承德市场，让独具特色的传统蒙餐在承德飘香，让草原文化在热河两岸绽放。

坐在城市蒙古包里感觉草原

到承德之前，我们就知道孟令强这个人，在呼市、在北京我们都听说过他的经历和他的为人。他1995年从部队转业，没有回家乡，决意留在北京自谋职业。他在广电部搞过报纸发行，开过物流公司。因为人生地不熟，关系打不开，事事难办。于是2000年回到成都市，先开茶楼，再开专卖店卖服装，又开鞋店。鞋店做得风生水起，没几年在全市开了20家鞋城。

时代进步得太快了，信息时代瞬息万变，眨眼间电子商务像飓风一样，服装店、鞋店纷纷关门。孟令强也把鞋城关掉了。

有这样一个经历的人，必然是个精明干练的角色。

那天，孟令东接我们去饭店。我们在快到饭店时，小孟总和一位用手机通话的人打招呼，那个人微笑着摆摆手。那个人一直跟在我们身后走进饭店，走进雅间才收机。他和我们握手，微笑着说："欢迎两位老师。"

孟令东介绍说："这是我哥孟令强。"

与我们想象的孟总不一样。他细高的个子，说话声音沉稳而舒缓，似乎在一边思考一边与你讲话。眼睛不大，脸上一直是微笑的，显得谦逊而又自信。我们看出来了，不大的眼睛和他一脸的笑容里藏着的智慧大约是一般人不能比的吧。

孟总从额尔敦餐饮说起："在北京，额尔敦餐饮在不到两年里就开了三家店，第四家店正在装修，年内也将开业。承德店开业不到三个多月，生意怎么样？你们都看到了。额尔敦餐饮店哪儿开哪儿火，原因是食材好，我们独打'蒙古羊、草原羊、天然羊'，保证食材的健康、绿色品质，让顾客吃到的是营养纯天然的美味。"

"在呼和浩特额尔敦传统涮可以说家喻户晓，在北京的也逐步开辟市场。可是承德你开的是第一家，额尔敦羊肉品牌，承德人怎么很快地认可接受了呢？"这是我们的一个疑问。

孟总笑了笑，说："没有什么秘密，首先要请客人来咱们店，吃一吃，品一品，吃过、品尝过了自然就知道额尔敦羊肉就是好吃，在别的地方吃不到，他们想吃羊肉，还得来咱们店。"

"那么，你怎样把客人请进你的店来呢？"

孟总说："这更不是个秘密——打折。任何一个新店开业，都有这样一个过程。我与他们不同的是将这个过程延长，在保成本、利润的基础上最大让利于顾客，让'打折'成为一个无形的广告，口口相传。这种不掩饰不夸张实实在在的宣传，让越来越多的承德人接受来自锡林郭勒的牛羊肉，喜欢我们的草原美味。这样我们的生意火了，额尔敦羊肉品牌也叫响了。"

这时候，我们无意中在微信平台上看到额尔敦承德店一则广告：六月送！送！送！小朋友过六一，额尔敦送大礼。6月1日起，疯狂打折，烧烤新品免费送。我给各位"童鞋"划重点：重点一，集ZAN有礼；重点二，用户升级；重点三，多种福利；重点四，多种菜品；重点五，夜市烧烤，羊肉串、烤羊排、烤扇贝、炒花蛤、炒虾尾……

这是舍与得的新版故事，孟令强"打折"是一种舍去，而得到的却是一个市场、一种声誉。

一天，店里来了一家人。听他们说话知道是蒙古人，门迎热情问候："欢迎你们来额尔敦！你们需要雅间吗？"

一位年轻人一边一个搀着两位老人，他说："我们想在蒙古包就餐。"

"随我来。"服务生请他们走进蒙古包，老妈妈坐下来了，老父亲却在蒙古包里看着箭袋、箭镞，又站到成吉思汗画像前久久凝视。

年轻人叫双喜，今年30岁，他请来了父母亲、妻子和两个孩子，还有最要好的两个朋友，坐了一个多小时的车，专门来吃额尔敦涮羊肉。

装饰一新的承德店第一次接待蒙古族客人。总部派来的正在这里帮助开店的代琴是个蒙古族，他热情地端来奶茶、炒米、奶酪请客人品尝，再翻开菜谱介绍店里菜肴。最后按照客人的要求上太阳卷、手切羊肉、草原羊肚、羊肉咸菜丸，主食点的是烤包子、羊肉面。羊肉、各种调料一上来，一家人高高兴兴地吃起来了，都赞扬额尔敦传统涮好吃。特别是老父亲吃得非常满意，说："坐在这里就像回到草原上一样的感觉，今天高兴，我也来一杯酒。"

双喜急忙阻拦："老爸呀，您多少年没有喝酒了，还敢喝吗?"

"今天很高兴，喝一杯，这就更有草原上的感觉了。"

老妈妈发话了："就让你爸爸喝一杯吧，他难得这么高兴。"

双喜给老人家满了一杯酒，老人家轻轻抿一口，又一口，最后一杯酒全喝进嘴里，呵呵大笑："什么是草原味道? 炒米、奶茶、手把肉、老酒。没有酒这个味道就不够，孩子再满一杯，就一杯。"

双喜看看母亲，再看他媳妇，下不了再满一杯酒的决心。聪明的代琴从吧台上拿来一瓶红酒，满了一杯递到老人家手上，说："老阿爸，喝杯红酒吧，我敬您，再为您献一支歌。"代琴就站在老人对面唱：

古老的民歌旋律真叫人陶醉，

给我一杯烈性的美酒，

难忘的草原往事依然在心间。

再来一杯马奶酒吧，

哎——

那片草原就像我的天堂。

……

代琴看见刚刚喝完一杯红酒的老人眼泪流出来了。

代琴帮助双喜到吧台上结账，结账的姑娘说："孟总听说你接待的是蒙古族老乡，他交代过了按最低价优惠结账。"

双喜结过账说："小兄弟，我们微信联结一下好不好？"

我们同时拿出手机把微信联上了。

后来双喜常常带着家人、带着朋友来店里吃涮羊肉，还建起一个"承德蒙古人群"。他们在群里聊天，互通信息，更多的时候是在群里约邀一帮朋友一起来到额尔敦传统涮吃一顿、喝一阵、唱一会儿……

君子合同

2017年春天，额尔敦传统涮承德店选址后，孟令强和白总签订合同。合同由孟总起草，又征求参股的弟弟孟令东的意见后拿给白总。

白总仔细看过，说："孟总，我想修改两个地方。"

额尔敦木图在检查项目施工情况

孟总说："可以呀，改哪一款？"

白总拿起笔："就改两个数字吧。"

孟总疑惑了，合同里就有两组数字，一个是合作期限，一个是股份比例，在此前已经口头商定过了，怎么白总要改变主意了？

这时候，白总把合作5年的"5"改为"9"，说："我知道你租赁富华商贸城是9年，咱们的合同也订9年呗。"

孟总刚才有点僵硬的脸上有了笑容。孟总与富华商贸城订的是9年租赁合同，可是，这事没有和白总说过呀。他一定是从别人嘴里听说过就决定把合同延长至9年。

孟总很高兴，点点头。

白总又在股份比例上，把自己的股份比例改为34例，将孟总的股份比例改为66例。白总说：我只占34例的股份，保留一个话语权就行了，为你出个主意、提一些建议就可以了。你持有66例的股份，尊重你在经营上的决策权，你就放心大胆做吧。

孟总想说什么却被白总止住，再重复道："大胆去做，有困难再找我。"

　　孟令强也在商海商战里摸爬滚打20来年了，他见过的人形形色色，办过的事也千奇百怪，却没有碰到过像额尔敦这样真诚、爽快、坦荡的人。他把心掏给你，他遇到了一个肝胆相照的蒙古族兄弟啦。

　　孟令强刚刚认识白总，见面也不过两三次，可在心目中感觉额尔敦是老朋友、老弟兄了。

　　合同签完，白总就给孟总账号里打进100万元。

　　合同和协议书是一种法律文书，一经正式签订就具有法律效应，受到法律保护。签合同可以保护双方的利益，遇有分歧时也好解决双方的纠纷。古语云"道不同不相与谋"，指的是不同道路的人，就不能在一起谋大事。共同谋划是成就大业共赢必然走的一条路，而人与人之间的不信任必须通过某种渠道和纽带联系在一起，这就是"合同"。

　　"合同"又可以引申为"和而不同"，也可能将不同道的人"合"在一起，是通过一个契约保护各自权益、避免双方合作产生纠纷的最好方式。

　　额尔敦与孟令强签订的合同完全不同于以上形式，他们是同道同谋、一心一意，签订的是"君子合同"。

　　后来我们问起白总，为什么要修改那两个数字？

　　白总说："你们一定也看出来了，孟总是个谨言慎行的人，有头脑，做生意很有经验。他总是微笑着说话，还一边说，一边思考，这是个认真做事的人。在合同里我占34%的股份，保留一个话语权，其实，我一个主意不出、一个建议不提，他比谁都做得好！"

额尔敦聊城第一店

山东是华夏古文明发祥地之一，也是我国饮食文化发源最早的地区。孔子就有"食不厌精，脍不厌细"等对饮食要求的许多论述，极大地影响了中国人的饮食观。孟子也说"口之于味有同嗜焉"，道出了人们对饮食嗜味的要旨。

北魏山东高阳太守贾思勰著《齐民要术》，对以齐鲁为主的北方烹饪技艺做了系统的理论总结：对原料选择、刀工处理、调味方法、烹饪技法以及菜肴和面点的制作，都有系统的论述，成为烹饪史籍中目前所知最早的理论著作，也一直影响至今。

盛唐时期，鲁菜又达到新的高度。山东人段文昌极讲究饮食，《山东通志》记载：段文昌为相，精饮食。庖以榜曰"炼珍堂"，在途曰"行珍馆"。又自编食经50卷，时称《邹平公食经》。宋代都城汴梁之"北食"成为鲁菜的代称。

鲁菜到明清时，已经完善而自成体系，影响了整个黄河流域及其以北的广大地域。作为汉族传统八大菜系之一的鲁菜，遍及京、津、唐和东北三省，是我国覆盖面积最广的地方菜。清香、鲜嫩、味醇为特色的鲁菜在全国享有很高的地位。

额尔敦餐饮在北京、成都、郑州、深圳打开市场后，一直想在山东开辟市场，让品位极高的山东食客尝一尝来自锡林郭勒草原的美味佳肴。

2018年5月18日，山东第一家"额尔敦传统涮"火锅店在美丽的聊城开张营业。

聊城市地处鲁西平原，是山东省的西大门，处于华东、华中、华北三大区域交界处，是中国蔬菜第一市、国家历史文化名城、中国优秀旅游城市。素有"中国温泉之乡"美称的聊城城区，独具"江北水城"特色，被誉为"中国北方的威尼斯"，被盛誉为"江北第一都会"。

在"中国温泉之乡"开"额尔敦传统涮"火锅店的第一人是高庆明。他是山东华建置地有限公司——中国街区商居地产运营商总裁。

聊城"额尔敦传统涮"火锅店经过5个月的筹备、调整，试营了两个月。在试营期间天天客满，遇到节假日来客还要排队等餐。5月18日正式开业。呼市总部负责人朝格图出席开业仪式。我们看到提前去聊城帮助开业工作的几个员工也在仪式现场忙乎。

火锅店楼前的仪式场地插满了彩旗。扩音器里播放着锡林郭勒民歌，身着蒙古族服饰的礼仪人员以蒙古族礼节接待来宾。在开业仪式上，高庆明总裁郑重向社会承诺："额尔敦传统"火锅店将以绿色、安全、健康作为理念，以品质为本，诚信为先，服务至上为立业根本。满足客户高品质需求，致力于成为聊城餐饮界的领军品牌。高庆明总裁还说：草原牛羊美，内蒙涮肉香。额尔敦传统涮作为最具有内蒙古餐饮特色的代表，以体验性消费者模式和"吃本真"的消费主张为导向，还原饮食界中最质朴的饮食文化；依托锡林郭勒大草原得天独厚的生态资源优势，额尔敦餐饮与额尔敦肉业联动发展，实现草原生态食材全程追溯，把草原饮食文化的天然、健康、营养、绿色奉献给广大消费者。

聊城额尔敦传统火锅店内设9间雅座、3个蒙古包，还有散座几十张桌子。开业庆祝宴热烈而隆重，身着蒙古族服饰的歌手演唱的是蒙古歌曲：

大雁排排成行，

小鸟伴着去南方。

草原上成群牛羊，

好似那滚滚海浪。

青青的湖水啊！

碧波荡漾，

这里就是最美最美的天堂。

牧歌尽情地唱马头琴声情悠扬，

端起杯把酒满上。

我们把幸福畅想，

远方的客人啊，

请来到毡房！

额尔敦传统涮山东聊城第一店，为客人献哈达

敬酒开始了。在聊城以蒙古族礼仪敬酒。蒙古人敬酒是要献"哈达"的。"哈达"蒙古语"哈达噶",汉语意为礼巾。是蒙古族和一些其他少数民族礼仪往来必备的丝织礼品。献哈达是一种普遍而又崇高的民族礼仪。

哈达的颜色为蓝、白、红、绿、黄。蓝色象征的是蓝天,白色象征的是白云,红色象征的是空间护法神,绿色象征的是江河湖水,黄色象征的是大地。蒙古族的蓝色哈达象征蓝天,还有纯洁神圣、淳朴善良、美好吉祥的寓意。敬献哈达表达主人丰富多彩的感情,也有许多讲究。拜会尊长敬献哈达,晚辈将哈达捧在手里,双手托起,身体微微前倾,恭敬尊长,然后绕头挂在自己的脖颈上,以表达敬意感谢前辈师长的意思;拜会客人敬献哈达,会客人将哈达卷成一把,再抛向空中,仿佛是从空中飘落的彩云献给客人;亲朋好友远行送别献一条哈达,表达亲友间的感情像哈达一样纯洁美好,友谊长存,祝福亲人吉祥平安、万事如意。

在司仪敬酒献哈达时,客人中一位蒙古族老人发现司仪献哈达有误。他站起来说:哈达蕴含着深厚的宗教、民族含义。敬献哈达就要有严格的礼仪规范,拜见尊长、迎来送往、致敬致贺、婚丧嫁娶都有不同的敬献方式。哈达一定要顺长对叠成四幅双棱,把双棱的一边整齐地对着被献者。比如为尊者、长辈敬献哈达要躬身俯首,双手奉献其双手中,或献于案上,或通过代理人转献。这时候对方会将哈达回挂到献者的脖子上,以示尊者对献哈达人的爱意与谢意。

美丽的司仪小姐真聪明,她按着老者的说法,将一条蓝色哈达顺长对叠成四幅双棱,躬身俯首,献给老人。老人微笑着接过来又再挂到姑娘脖子上。

这时候我们一桌人鼓掌欢笑。

蒙古人把隆重而热情的接待客人看作一种美德。特别是对长者，接受长者赠予的东西时，屈身双手接过，或跪下一条腿，伸出双手接过来。问候请安是蒙古人必不可少的见面礼。同辈相遇都要问候，遇到长辈则首先请安。如果骑在马上，年轻人要抢先下马，坐在车上要下车，以示尊敬。无论走路、入座，还是吃饭、喝酒，一定要让老人或者长辈在先，在老人或者长者面前，年轻人说话要客气，恭敬。

额尔敦餐饮开到哪里，就把这些蒙古族接人待客的礼仪带到哪里。一桌宴席、一杯美酒、一碗奶茶、一首长歌，伴随着一项礼仪，带着蒙古人的深情厚谊走进聊城，也把草原文化植入齐鲁大地。

济南城里的蒙古包

坐在我们对面的任中华，一米八五的个子，典型的蒙古汉子。任总今年33岁，大学毕业在济南创业几年了，已经是很有些名气的青年企业家了。

怎么想起在济南开额尔敦传统店？

我们的话题直奔主题。

任中华说：其实，我们不仅是同民族，还是同乡呢。我在呼和浩特上的小学、中学，我的父母亲至今还生活在呼和浩特。去年8月，我给60岁的母亲祝寿。在哪里订餐啊？征求妈妈的意见。妈妈一口认定额尔敦传统涮。老人家说：那里羊肉鲜嫩，大家一定会吃得开心。于是我在额尔敦绿地店订了一桌，果然大家吃得满意。特别是我妻子吃得很高兴，意犹未尽地说：我第一次吃到这么鲜嫩的羊肉，怎么这样好吃呀？如果我们在济南开一家额尔敦传统涮，也让济南人吃到这样鲜嫩的羊肉该多好呀！

妻子无意说的一句话，让任中华眼睛一亮，说："好，咱们在济南开一个额尔敦涮肉店。"

妻子以为任中华只是说说，没想到丈夫想了一个晚上，真的决定在济南开一家额尔敦酒店。第二天就从网上搜到额尔敦餐饮公司的电话，找到朝格图，说了自己想在济南开店的想法，讲了在济南开店的几个理由。

泉城济南以湖光山色、涌泉之丽而闻名中外。它地处水陆要冲，

额尔敦传统涮山东济
南店，城里的蒙古包

南依泰山，北临黄河，资源十分丰富。济南地区的历代烹饪大师利用丰富的资源，广泛取料，制作了品类繁多的美味佳肴。高至满汉全席中的上、中、下八八二十四珍。低到瓜、果、菜、菽，就是极为平常的蒲菜、芸豆、豆腐和畜、禽内脏下货等，经过精心调制，皆成为脍炙人口的佳肴美味。

济南人憨厚朴实，直爽好客。宴饮办席，以丰满著称，饮食风俗上至今仍有大鱼大肉、大盘子大碗的特点。如"把子大肉""糖醋大鲤鱼""清炖整鸡"等。其肴馔之名也如其人，闻其名而得其实。如"扒肘子""八宝布袋鸡""红烧大肠""锅塌豆腐"等。济南菜中很少有华而不实的"花色菜"。

济南的性格很接近内蒙古人，他们的饮食文化也与内蒙古饮食文化相近。任中华还告诉我们：济南市常住人口800万人，加上外来人员达到1000万人，比呼市、包头、鄂尔多斯三个城市的人还要多，他们又喜欢吃羊肉，额尔敦羊肉一定会受到济南人欢迎。任中华和额尔敦餐饮公司签了10年的合同，2018年开一家额尔敦店，计划在未来的三年里再开三家店。

天下"额尔敦羊业"人是一家。任中华和我们一同参加了聊城火锅店的开业仪式后，我们一起回济南。在车上，我们又聊起在他母亲寿宴上，媳妇说在济南开额尔敦店的话题。任总说："当时媳妇一说，我还真的动心了。可是开一家饭店，需要投入几百万元，我在那天晚上反复琢磨这个事，又在网上了解到额尔敦餐饮在全国各地开了一家又一家店，经营情况都很好，于是就下决心在济南开店。"

任中华从网上看到在包头市多次召开中国·包头国际牛羊肉产业大会的报道。2014年首届中国·包头国际牛羊肉产业大会，就有140余家与牛羊肉产业相关企业现场参展，来自海内外500余家牛羊肉相关企业参会交流，来自全国各地餐饮、商贸采购企业共1.5万人现场商贸洽谈，实现超过10亿元的贸易订单。到了2016年，第三届大会的规模更为庞大，签订合作项目16个，签约总额达160亿元。大会订单总额累计达38.8亿元，现场销售额就达到8560万元。而2017年的产业大会，参展企业增加到2200多家，实现订单额89.2亿元，销售额1.2亿元。任中华说："食材好、市场好、前景好，额尔敦火锅店我是开定了。"我们在晚霞里走进济南市，车很快开到任中华正在紧张装修的额尔敦店现场。一座二层楼依山面街，周边是鳞次栉比的高楼大厦，纵横交叉的交通线，真是一个开饭店的好地方。小楼后面是五座蒙古包，已经搭好了"乌尼"（蒙古包顶部的伞形骨架）和"哈纳"（相互交叉编扎的木栅），几位师傅正在忙着安装门框和门。然后用围毡包起来再用"胡勒图日格"（外罩）罩住，一座蒙古包就算搭起来了。任中华告诉我们，他这是按照额尔敦餐饮公司的统一标准装修店面，突出蒙古族文化，让济南客人一进额尔敦店就感觉走进草原、走进蒙古包、走进蒙古人家。

2018年6月19日，我们采访任中华，那时候他正紧锣密鼓地装修他的额尔敦传统涮店铺。今天已经过去5个月了，火锅店开了吗？客人的反映怎么样呢？我们打电话问任总。

任总在济南店里，他说："火锅店从10月13日开始试营。"

"上座率行吗？"

任总说："刚刚开始试营业，客人对咱们店有一个了解过程，对咱们的食材食品有一个认识时间。上座率比我们预想得要好，好得多。"

"什么时候正式营业呀？"

"不忙，"任总在手机里讲，"试营时间长一点有好处，等各方面都成熟了、完善了，再正式开业。因为这是额尔敦传统涮在济南的第一店，维护企业的声誉，保护额尔敦羊业品牌最重要。只有第一家店开好了、开成功了，咱们再开第二家、第三家，让更多的额尔敦传统涮走进济南、走进山东。"

最后任总告诉我们：我在济南开的第二家额尔敦火锅店，已经选好地方，开始装修了，准备在春节前试营。

任中华说过，他在三到五年里，在济南开10家额尔敦火锅店。今年一年里他就开了两家店，那么，在未来的几年里开10家额尔敦传统涮真是不容置疑。

七里河店的"活"广告

一个开饭店酒楼的人总是盼望着来回头客，回头客多，说明饭店酒楼的饭菜质量好、服务态度好、经营理念好。

2014年春天，冯旭成为额尔敦传统涮体育场店的常客，有时候他带着司机两个人来涮一顿，有时候领着七八个人来摆一桌子，还有时候招待客人，包一个雅间或者进蒙古包，美酒、美味请客人享受一番。

冯旭，河南郑州人，在修呼和浩特市至集宁高速路段承包了一段工程。他的办公地点就在额尔敦传统涮体育场店旁边，一个人、一个团队吃饭成了问题。他们也在别的饭店吃过饭，一顿两顿吃得还算可口，常去吃就有点腻了。一次是朋友宴请他："冯总，你来内蒙几个月了，我请你吃一顿蒙餐涮羊肉，保证你喜欢吃。"朋友就领他们来到体育场店。冯总听人说过羊肉有很浓的膻味，自己从没有吃过羊肉。朋友既然要请他去吃涮羊肉，还一再说好吃，就跟着来到额尔敦店里。

走进店里犹如走进一座草原厅殿，看到的是成吉思汗、忽必烈的绣像；看到的是蓝天、骏马、蒙古包的挂画；看到的是弯弓、箭镞、箭袋的饰品，让人步入一个民族的历史长廊和民族文化的长河里。身着民族服装的男女服务生谦恭、礼貌、微笑着穿梭在雅间、餐桌之间，冯总仿佛走进一个蒙古族部落，感受着一个蒙古族大家庭的亲近的感觉。

景泰蓝火锅端上来了，一盘盘鲜美的羊肉端上来了，12种调料也摆到桌子上了。冯总没有闻到一点儿膻味。怎么这里的羊肉就没有膻味？嗅了嗅鼻子，空气里也没有膻味，摆在面前的羊肉也闻不到一点儿膻味。冯总也学着别人的样子，芝麻酱、辣油、韭菜花调和到一起，从铜锅里捞起一筷子羊肉，蘸过调料吃进嘴里，嘴里溢满纯香。这是冯总几个月来吃到的最满意的一次午餐，一个没有膻味的草原羊肉。

后来，冯总就经常来额尔敦传统涮吃涮羊肉。

这年中秋节到了，冯总给员工过中秋节，安排在体育场店吃火锅。鲜美的草原羊肉，醇香的草原白酒，动听的草原牧歌，让远离家乡的筑路工们吃得香、喝得美，在歌声中陶醉。每逢佳节倍思亲，喝得陶醉的人便思念家乡亲人。

一个脸红红的汉子说："啥时候能让我爹妈也来草原吃一顿额尔敦涮羊肉就好啦！"

那就请老人来呗。

红脸汉子立即反驳："80多岁的老人能来吗？"

又一个人站起来说："明年夏天，一定叫我媳妇、孩子来看草原，吃吃草原上的牛羊肉。"

大家想家乡思念亲人的话，让冯总听得心里一阵酸楚。他安慰大家说："想吃草原涮羊肉，好办，咱们的高速路修好了，我雇一辆大

额尔敦传统涮河南郑州七里河店

巴车把你们的父母亲、儿子媳妇全拉到草原上来，看草原上的蓝天白云，骑马摔跤，咱们还来额尔敦传统涮吃他几天。"

大家一阵拍手叫好，脸上是笑容，眼里是泪花。

冯总看出来了，大家喜欢草原，更喜欢吃草原涮羊肉，突发奇想，我能不能把额尔敦传统涮开到郑州去呢？让我们的员工在河南吃到没有膻味的羊肉，让郑州人吃到额尔敦涮羊肉。

我们听冯旭的哥哥冯春久介绍他的弟弟：冯旭从小就是个敢想、敢干、敢闯荡的人。他十几岁开始卖菜，倒腾瓜果南下广州、深圳，再大一点就开酒吧、搞车辆销售。对销售经营别有一番兴趣，生意越做越好、越做越大。刚刚年过30岁就开了工程公司、车辆销售公司、商贸公司和餐饮公司。承包呼和浩特至集宁高速路，只是他若干个工程中的一个部分。

那么，额尔敦传统涮能不能走进河南，能不能在郑州站住脚呢？河南地处黄河中下游，沿黄河700余公里，是黄河摇篮的中段。中国有八大古都，河南占四个。安阳是最为古老的都城；洛阳是九朝古都、八朝陪都；开封是七朝古都；郑州在历史上也曾五次为都。在建城立都，建筑皇宫御园、衙门官邸的同时也把皇家膳房、宫廷食府、官家会馆一座又一座地建起来了。随着都市的兴盛繁华，民间餐馆酒肆迅速发展起来了，各种各样小吃大显其能。于是官府菜、市肆菜、寺庵菜争奇斗艳。"皎月香鸡""乌龙蟠珠""龙凤呈祥"等名菜将豫菜不断推陈出新，让河南成为中华民族饮食文化的重要发祥地之一。

河南的饮食文化历史悠久，源远流长，博采众长，吸引各地、各种菜系之所长，充实豫菜的多样性和丰富性。特别是改革开放后，随着经济建设发展，人口流动，南北大菜、东西小吃涌进中原。想吃什么菜就有什么菜。只说郑州的火锅就有巴奴火锅、海底捞火锅、北京火锅、巴蜀兄弟火锅、四川小天府火锅，随处可见。几年前最火的小板凳四川火锅在郑州市一天就有一家店开业。

冯旭要引进额尔敦传统涮火锅是一种挑战，也是一次机遇。抓住机遇就一定不会放弃机遇，是冯总一贯作风。他在郑州不仅首开额尔敦传统涮火锅店，还要一家接着一家开。他最先在郑东新区农业南路与七里河南路交叉口，这个位置紧挨七里河，店名就叫额尔敦传统涮七里河店；接着在二七区淮河路与人和路交叉口开了额尔敦传统涮人和店；第三个店在金水区花园路与农科路交叉口万达文华酒店西侧，叫额尔敦传统涮金水万达店。冯总在郑州开的三家店属于额尔敦餐饮公司的加盟店，他们自主经营，自己管理。额尔敦餐饮公司提供技术，食材。羊肉、各种调味品按批发价供给郑州的三个加盟店。

2018年5月26日，总厨孟小峰安排我们在七里河店共进晚餐。走进店里，眼前呈现的完全是草原文化，马头琴、马鞍、哈达、银碗、羊皮画作为装饰物随处可见。这里的装饰与呼和浩特所有的额尔敦店布置得完全一样。孟小峰说，装修这个店冯总要求一定要原汁原味的草原文化。让客人进了我们店就感觉是来了草原、到了蒙古人家，品尝的是草原美味。

敢想敢干的冯旭总是用一种别人想不到，也做不到的方式别出心裁做一件事，常有奇效。七里河店开业，他和别的店铺一样张灯结彩，鞭炮齐鸣，然后设宴招待一番来宾。冯总开业也是张灯结彩，鞭炮齐鸣，不同的是他要把宴席一直持续下去，一连吃了一个星期。朋友来吃，朋友的朋友也来吃，也来喝，而且还要吃得好、招待得周到。朋友们吃得香喝得美，个个红光满面笑呵呵地离去。

有人不理解。哪有这样做的？开业不开张，一个星期不进账，还要赔钱，有这样开饭店的吗？

可是，奇迹出现了。一个星期以后，朋友们不来了，朋友的朋友更不来了。络绎不绝来的是顾客，一拨接一拨，没过一个月再来店里要排队等餐。不仅排队等餐，还要预先订餐。

我们采访总厨孟小峰，他说：一个星期免费招待朋友别人不理解，其实我最不理解。我在北京、驻马店多少家饭店做过厨师、总厨，没有一家是这样干的，也没有听说哪一家开店请亲朋好友不花钱吃喝七天的。北京没有，河南也没有，怕是地球上也找不到第二家吧？

"有奇想，才有奇招。"孟厨接着说，"后来我和来店里的客人聊天，知道他们大多是由朋友和熟人介绍来这里吃饭的，吃过感觉好再介绍朋友来，一传十，十传百，没有多少天生意就火起来了。这时候我们才恍然大悟，冯总免费招待朋友，就是免费做了七天的'活'广告啊。"

一个口口相传的"活"广告更有效应，更有说服力。

郑州西郊的三个客人，坐两个小时车，吃一小时的额尔敦涮羊肉，他们高兴！

在电视剧《燕子李三》里扮演过李三、在电视剧《铁道游击队》里扮演过王强的河南籍演员张立慕名而来也涮过一顿，他感觉真好！

孟厨说：可以讲，额尔敦传统涮在郑州一炮打响，来我们店的客人越来越多，特别是晚上来的客人就更多了。每天在店门外代驾的司机就有五六个人，专门送吃美食喝美酒的客人回家。

一个人从火锅店里走出来，几个代驾围上来：师傅，送您回家吧？一伙人从火锅店里走出来，几个代驾又围上来了：师傅们，送你们回家吧？这时候你会发现被送的人多了，代驾的人却少了……

"腾格尔"赐予的羊哪有膻味

羊肉有膻味吗?

有,在十几年前这似乎是每一个人的共识。我们知道养羊有两种饲养方法:一种是在农村圈养,一种是在草原上散养。为了保护草原生态,有的草原上半散养半圈养。生态薄弱的沙漠草原也完全是圈养。圈养的羊每天在圐圙里吃饲草,也在圐圙里拉屎撒尿,晚上就倒卧在屎尿上睡觉。农村羊群没有草原羊群大,一般都在十几只、几十只,那就在窄小的羊圈里圈养了。羊们也在圈里拉撒,晚上倒卧在屎尿上睡觉。农村羊圈一般在房前屋后,通风都不好。这样农村出栏的

羊肉膻味最重，圈圄里出栏的羊肉相对膻味就少些了。额尔敦传统涮选用的是锡林郭勒草原上散放的羊，这就决定了锡林郭勒羊肉与别的地方羊肉不一样的六大特点：

一是额尔敦选用的都是一年羊。它们是当年出生、当年宰杀的小羔羊，这就保证了羊肉的鲜美。

二是当年的羊不是冬羔就是春羔，它们一出生就吃草原上新嫩的青草。草越长越茂盛，羊们吃得越好，羊肉就越肥嫩。

三是散养的羊吃的都是草原上遍地生长的沙葱和野韭菜。羊吃了这种特殊风味的植物就祛膻除味，羊肉自然就没有了膻味。

四是散放的羊每天大约要行走30公里，它们边走边吃草，边喝草原上随处可见的泉水和河水，这样的羊肉质厚实紧凑，入口咀嚼起来筋道，有嚼头。

五是锡盟羊宰杀的最后一道工序是排酸，将羊肉里残存的酸彻底排去，保证羊肉没酸没膻味。

六是建立了羊肉追溯体系。通过包装盒上面的二维码就能查到每一个盒装的羊肉出自哪片草原、哪个牧场、哪一家牧户，以至能查寻到这只羊的"妈妈"是谁、"爸爸"是谁，它们是在哪片草原上散放的。

锡盟羊的六大特点保证了您吃的羊肉一定是没有一点膻味的、绿色的、健康的、营养的纯天然羊肉。

这样的羊肉，在呼和浩特工作的冯总一吃就忘不掉。在郑州有一位女士，一直不相信羊肉没有膻味。她来额尔敦传统涮试着吃一回，相信了，羊肉真的没有膻味。这位女士每个月都来额尔敦传统涮吃一两次羊肉。

羊肉是最清洁最营养的食物，人们越来越喜欢吃羊肉、习惯吃羊肉了。草原上的牛羊不用人工饲草料，牛羊肉里没有防腐剂，没有注水。"从草原到餐桌"让你吃得放心。今天世界上一些牛羊产地像澳大利亚、新西兰等国家和地区都在科学养殖、绿色养殖。锡林郭勒草原是个没有禁牧的天然大牧场,这里的羊群、牛群、马群都在草原上自由地散放,就像《美丽的草原我的家》里唱的那样:骏马好似彩云朵,牛羊好似珍珠撒。

在这个时候,我们又想起蒙古族歌手腾格尔唱的《天堂》

蓝蓝的天空　清清的湖水　哎耶

绿绿的草原　这是我的家　哎耶

奔驰的骏马　洁白的羊群　哎耶

还有你姑娘　这是我的家　哎耶

我爱你我的家　我的家　我的天堂

我爱你我的家　我的家　我的天堂

额尔敦酒店欢迎您。

哎耶——

锡林郭勒草原就是天堂草原，我们吃乌珠穆沁羊，吃苏尼特羊，吃乌冉羊就是吃腾格尔（上苍）赐予的天然美食。

来自天堂的羊肉、牛肉鲜美可口，哪有什么有膻味啊！

好企业就是一所好学校

优秀的人就像一团光芒，跟他们在一起待久了，就不想走回黑暗。冯旭就是一位优秀的企业家，一位从小就出门打天下的成功者。他用魄力和智慧将工程做到内蒙古、甘肃、青海、新疆、贵州，他用真诚的为人聚拢人气和人脉。

原野是被冯总引进来的店长，他来郑州很偶然，也是必然。他是被额尔敦的一串羊肉串引来，也是被冯总的魄力招来的，一来就做七里河店的店长。这个曾经在北京搞过餐饮、做过东来顺餐饮部老总的原野，既有职业操守，又会管理。冯总这是慧眼识人，选对人了。

此刻，我们面对面坐在一起。原野翻弄着手机，看信息，发微信、打电话，10多分钟了才抬起头说："两位老师，不好意思了，在和客户们联系，他们是上帝呀。"原野到七里河店很快就建立起一个客户群，起名叫"饥饿营销"。他们在群里互通信息，预约订餐。据说原野建的这个客户群有1000多人了。

原野说：他每每拿起手机"喂——"一声："您好，额尔敦欢迎您"时，心中有一种由衷的自豪感。这是对企业的热爱，是对企业发展的美好期望啊。

原野介绍他的七里河店说：冯总2015年9月和额尔敦餐饮公司签合同，10月开始装修，12月18日正式开业。一开业就上座，第二个月就得排队等餐，生意好极了。冯总就想再开两个店，在全市选店址。一个选在二七区淮河路与人和路交叉口的人和店，一个选在金水区花园路与农科路交叉口万达文华酒店西侧的金水万达店。两个店投资1000万元装修，其中万达店做了额尔敦郑州的旗舰店，在2016年12月16日营业，相隔两天，18日人和店也开业了。

这时候羊肉大涨价，由15元一斤涨到35元一斤。没有几个月郑州就倒闭了一千多家火锅店。在一家又一家火锅店关门停业的时候，额尔敦传统涮却迎难而上，生意依然火爆，为什么？原野说："在于我们物美价廉的经营理念和来自草原的绿色美味。"

原野说着又开始翻弄他的手机，很快翻到一个视频，念道：一个人能走多远，要看他与谁同行；一个人有多优秀，要看他有谁指点；一个人有多成功，要看他与谁相伴。最后原野说："这是额尔敦白总发在群里的三句话，我觉得非常有道理就收藏在手机里，常常翻出来看。"

作为一店之长的原野很忙，我们趁他上班前匆匆采访了他半个小时，我们记得他最后的一句话是：一个好的企业就是一所好的学校；一个优秀的老板就是一位优秀的老师。

郑州的"全绿色"不是梦

郑州以其包容性成为南北大菜的汇聚中心。几年前，中国饭店协

绿色有机蔬菜，质量安全有保障。

会在中国餐饮企业家峰会上发布了全国餐饮行业十大影响力城市，餐饮业年产值超过百亿元的城市，郑州市自然名列其中。

据地方平台的数据统计，郑州的餐饮市场规模达到15000家以上，涵盖了豫菜、川菜、湘菜、粤菜、日本料理、韩国烤肉，等等，应有尽有。其中火锅类店占到中餐店约20%，火锅店仍然是全郑州市最受欢迎的餐厅。

郑州是中国中部地区的中心城市，特大城市，人口1000多万，是一个很大的餐饮消费市场。冯旭以一个企业家的敏锐目光在三年前就瞄准了郑州的餐饮市场，成功地引进额尔敦传统涮，在不到两年的时间里开了三家店。为了统一管理和不断扩大市场，他们成立了餐饮公司，计划三至五年在郑州市区开10家以上额尔敦火锅店。装修上突出蒙元文化，聘请民族歌手和呼麦演唱者，成立艺术团；火锅店为顾客提供全羊宴、整羊宴。烤全羊仪式，献哈达、敬酒完全按照草原礼仪进行，为中原客人带来草原文化、民族礼仪全新服务。

崇尚自然、追求绿色、"呼唤绿色食品"成为我们今天饮食生活的主题。进入21世纪，随着环境意识的提高，对个人健康的关注，追求健康越来越成为人们的时尚。绿色食品备受青睐，绿色消费正逐渐成为时尚消费、潮流消费的亮点和热点。随着现代科学技术的发展，新型绿色产品不断问世。可以说如今我们的衣、食、住、行、用都在朝着"绿色"迈进，绿色种植将成为大自然的主调，绿色产业成为全球性的朝阳产业。

我们采访冯旭，采访原野和孟小峰，他们似乎都说到冯总正在积极计划建设自己的农场、自己的蔬菜生产基地，种植无公害有机蔬菜。让郑州的客人在额尔敦火锅店既要吃到"从草原到餐桌"的羊肉，还要吃到"从土地到餐桌"的有机蔬菜。

今天冯总的计划，就是明天的一片新绿。一地青菜、一畦萝卜、一架黄瓜、一串辣椒……这些有机菜盛在您碗里就是营养，用筷子夹起来的就是健康啊。

毋庸置疑，您只要走进额尔敦火锅店，您就走进草原，走进大地，走进一个绿色美味的新天地了。

北京六必居的牌匾就是品牌，北京全聚德的调料和手艺就是品牌，额尔敦传统涮选用的锡林郭勒羊肉就是牌匾。今天郑州的多家额尔敦火锅店用自己种植的绿色蔬菜、瓜果、用草原羊肉打造自己的"全绿色"品牌。

"全绿色"将成为郑州额尔敦火锅店的一大特色，也是他们的一个品牌。

成都好吃嘴

跟到苍蝇儿飞跟到飞哥追

成都的欺头耙活大街小巷

多的起堆堆那就要看你

眼睛好不好身体好不好

整不整得下涨不涨的到

注意你找到确适安逸的又涨不下的

迅速与飞哥联系帮你消化……

华兴街的麻辣烫

锅锅端了还在香

……

　　这是传唱在成都市大街小巷里的民谣，叫《成都好吃嘴》，我们一到成都就听到有人在大街上唱这个民谣。

　　成都是一座有故事的城市，在这座有故事的古城里自然有着美食的传说。就像成都火锅传承了成都著名的三国文化，将三国元素与美食火锅结合在一起，碰撞出灿烂的火花。桃园三结义、温酒斩华雄、三英战吕布、煮酒论英雄，等等，这些故事的背后成败兴衰，无不叙说着成都曾经几千年波澜起伏的辉煌历史。在成都有一种说法：他们的火锅最早出现也是在三国时期，以"三国五熟釜鸳鸯锅始终"而闻名。魏文帝提到过的"五熟釜"便是分格而烹食物火锅，

116

与今天的鸳鸯锅有着异曲同工之妙。成都的火锅便是从这样的故事里"煮"出来。

成都的火锅和三国故事只是成都餐饮文化的一种，布满成都大街小巷里的若干火锅店各有各的故事，各有各的文化传承。而它们的火锅也就有了自己的特色风味。譬如，蜀九香火锅、老码头火锅、皇城老妈火锅、雄柴火锅等各有市场，各有特色。

"飞到成都吃火锅""坐着高铁去成都吃火锅"，很多外地旅客来成都必不可少的一餐就是吃火锅。就连美国前第一夫人米歇尔、英国前首相卡梅伦到访成都也要品尝一下成都火锅。

中国成都被联合国教科文组织授予"世界美食之都"而驰名中外。

北方有着"冬至吃饺子"的习俗，而这一习俗在四川却是冬至吃羊肉。特别是成都人冬至这一天必是要吃一顿羊肉，喝一碗羊汤。

据说，冬至这一天，拜师傅、拜尊长，讨得一年的福财、一年的安康。师傅、尊长这时也尽拣好词儿说出口，让说的听的心里都暖融融的，这叫"贺冬至"。冬至这一天还要宰猪腌肉。有句俗语叫"冬至不割肉，枉在世上走"。因此，家家都要在这一天腌腊肉、灌香肠，准备过年的年货。成都人都明白：冬至这天腌的肉，不腐坏，不流油，放得时间久。

有一个传说，汉高祖刘邦在冬至这一天吃了樊哙煮的狗肉，觉得味道特别鲜美，赞不绝口。冬至吃狗肉从此就在民间传开了。不仅吃狗肉，还吃羊肉、喝羊肉汤，希望来年有个好兆头。到后来，吃狗肉的人越来越少，大家都喜欢吃羊肉、喝羊汤。于是，冬至吃羊肉、喝羊汤的习俗在成都广为流传。

2017年12月21日是丁酉年的冬至。

这天中午，在成都锦江区太升路冻青树街上排着一溜长队。排队，排满半条街的长队在成都有多少年不见了。路人好奇，停下脚步问："这是做啥子吗，不要钱吃饭啰？"

排队的人告诉他："不是吃饭，冬至吃羊肉，您懂吧。"

"排队吃羊肉？成都吃羊肉的地方多了去了，干吗在这儿排这么长的队伍等半天呀？"他指了指前面不远处一家火锅店说："那边就有吃羊肉的地方嘛，进门就吃……"

又有骑自行车的人，下车问："这么多人排队等啥子吗？"又有人告诉他在这里吃额尔敦羊肉，骑车的人一愣："额尔敦羊肉是啥子羊肉吗？没听说过，一定很好吃的啰？"

队伍里有人回答："额尔敦羊肉是草原纯天然羊肉，口嫩，好吃，有营养。"说这样话的人一定是吃过额尔敦传统涮的"回头客"，是专门在冬至这一天来吃额尔敦火锅吃草原羊肉的人。

冻青树街上的这家额尔敦传统涮店开业只有一年多点时间，位置也不好，店外除了店名再没有引人注意的招牌，再有门前街道上的景观树密密匝匝的，不显眼的"额尔敦传统涮"几个字若是不注意很容易在你眼前滑过去。

　　在这个位置，以前也有几家开饭店的，因为客人少上座率低，都没有开下去。额尔敦传统涮在这里装修的时候，不少在对面菜市场里买菜的人就说：本地人在这里开店都开不下去，一个蒙古餐馆也敢在这里开店？等着赔钱去吧。

　　位置不理想，招牌被遮挡，店名又是很生疏的额尔敦传统涮是怎么发展起来了，又是怎样让来过店里品尝过这里美食的客人成为"回头客"，在"贺冬至"这一天专门排长队来吃额尔敦火锅呢？

　　我们为此采访了冻青树店的店长郑勤。她说：我们店开业初生意

并不好，一天的营业额就是三四千元，后来到七八千元了，觉得发展还是太慢。我们有些急，报告总部，白总来电说：不要急，慢慢做，一定要保证食材品质，提高服务质量。有这两条，成都的客人一定会一天比一天来得多。

白总没有说错。我们坚持食材品质和服务质量这两条，客人一天比一天多起来了，营业额快速增长，从一天一万元到一天两万元，很快上升到一天的营业额达10万元。2017年冬至一天上午排队、晚上排队，晚上10点钟还有客人等着吃涮羊肉。我们就开夜市安排客人就餐。

郑勤不无掩饰地说："丁酉年冬至这一天，我们的营业额达到14万元。"

冻青树店就是靠草原纯天然优质羊肉让成都客人吃了忘不掉，吃了还想吃；他们靠热情真诚的服务让成都客人等着就餐，排着长长的队也要吃额尔敦传统涮。

郑勤店长讲了一个刚刚发生过的故事。

冻青树店越来越有名气，想到这里吃羊肉的客人越来越多。客人要预约订餐，要排队等餐。可是有人就是等不得，非要在这一天要吃额尔敦火锅，就来抢座占位。

他们为了照顾更多的客人吃到额尔敦传统涮，冻青树店晚餐是从午后四点就开始了。这一天下午三点钟，服务员刚刚收拾完午餐餐具，打扫过厅堂，准备迎接晚餐的客人。这时候店里来了一位女士，40来岁，说要在晚上安排一桌家人吃火锅。

服务员说："欢迎光临额尔敦。我们晚餐从四点开始，您来早了……"

"不早，我就在你们店里等一会儿，我们家人一会儿就到了。"说着女士就走进一个雅间坐下来了。服务生为女士倒了一杯水，说："那，您就在这里喝水，您的家人一来我再为你们服务。"

果然，刚刚过四点，女士的家人到齐了。女士叫来服务生点菜。服务生说："大姐，这个雅间昨天就预订出去了，你们另换个桌子。"

"行啊。"女士说着就站起来问，"我们再去哪个雅间啊？"

服务生说："对不起，雅间全都预订出去了， 我给你们安排在大厅怎么样？"

女士一听，又坐到椅子上，说："我们一家人要商量个事，大厅嘈杂杂的我们怎么说话呀。不行，我们就在雅间。"

服务生说："我一定给您安排在大厅的一个角落，再用屏风围起来，不碍你们商量事的。"

"我在这里坐了一个多小时，就是来占座的，"女士说着有些激动，"他们是你们的客人，我们就不是吗？"女士一家人坚决不离开雅间，一定要在这里吃饭。没办法，服务生就给他们点菜。

五点多钟的时候，预订这个雅间的客人来了，都是二三十岁的一帮小伙子。一到雅间门口，看见里面的人就喊服务生。服务生不敢过来，店长郑勤一脸微笑着走过来："对不起，这个雅间里的大姐一家人有事情要商量，非要在雅间里不可，我给你安排到大厅里吧。"郑勤好一阵劝说，把他们安排到大厅里，亲自为他们服务。小伙子们吃喝一阵儿，有些酒意了，说起雅间的事又来气了，说要跟抢占雅间的人理论理论。郑勤知道要坏事儿，马上过来劝说："这事不怪人家，要怪就怪我，是我们做得不对。大姐给你们添两个菜，算我赔不是……"

有几个人不吱声了，只有那个预订雅间的小伙子还在生气，站起来要进那个雅间。郑勤上前拦住："我也是打工的，你这么一闹就砸了大姐的饭碗了。兄弟，给大姐一个面子，今后你再来店里大姐都给你打折。"

郑勤一番苦劝，终于平息了一场风波。

这个被街景树遮挡的额尔敦传统涮店真有点"人满为患"了。冻青树店的客人大多是"回头客"。感觉这里的羊肉好吃，过一段时间总要来撮一顿。

因为客人多，盘子、碗筷洗不过来，店长、厨师长都亲自动手洗碗洗筷子。有人就总结了"四个多"：客人多，干活多，奖金多，挣钱多。

成都的火锅就这么火爆，火爆的火锅培养出来一帮又一帮"成都好吃嘴"。

我值多少钱就给我多少钱

2016年初，冻青树店装修好了，筹备开业。小白总朝格图去成都为店里招聘服务员和管理人员。郑勤就是被小白总亲自面试招来的第一位员工。

郑勤是成都人，18岁从乐山职业中专毕业后分配到吉林省长春市。一个在中原腹地长大的姑娘，到大东北的白山黑水能适应那里的水土和生活环境吗？郑勤说：开始时不适应，慢慢就适应了，并且一干就10年。她从一名服务员做起，当领班、当大厅经理、经理、店长，她忙着工作，忙着学习，眨眼28岁了还没有对象。她不急父母亲急了，2011年硬是把女儿拉回成都，帮助她找对象。

这一年，郑勤成家了。在成都的几年里，她先后在茶楼、会所、餐饮店做了四年的管理工作。

2016年2月，郑勤从网上看到额尔敦传统涮招聘的事，就跑去应聘。面试的是小白总朝格图。

小白总问："你以前做什么？"

郑勤回答："在东北做过10年餐饮，当过店长。在成都做过茶楼、会所的管理工作。"

小白总再问："想聘什么岗位？"

"店长。"

小白总笑了："你的理想工资是多少？"

郑勤也是一笑："你觉得我值多少钱就给多少钱，今天咱们先不谈工资的事，让我做几天，你再给我定工资。"

小白总当场表态："你被聘用了，职务是店长。额尔敦传统涮冬青树店的店长。"

第二天，郑勤就来上班了，她和一些被聘来的服务生接受班学飞的培训。深入成都一些火锅店调研，发现这里的火锅多是辣锅、麻辣锅。班总说："咱们一定不用辣锅，要白开水锅，保持草原羊肉的鲜美和原汁原味的纯天然特色。"

郑勤有些犹豫："成都

额尔敦传统涮成都冬青树店女店长 郑勤

123

这个地方都吃辣锅，白水锅行吗?"

"行，一开始可能不行。"班总肯定地说，"总有一天会火起来的，而且让成都人吃了忘不掉、吃了还想吃。"

此刻，坐在我们面前的郑勤说:"班总说得没错。我们店的白开水锅很快就受到成都人的欢迎，在成都的影响越来越大，同时也为额尔敦传统涮在西南开辟更多的市场找到了方向。"

有着10多年餐厅管理经验的郑勤认为，餐饮管理就是一种秩序。好的餐饮管理必须是前厅与后厨间有一个畅通渠道，分工要细化。她在工作中总结了前厅和后厨沟通的五件事。

一是做好调度安排。前厅应将菜品的品种安排，大小周期的营业情况准确反馈给厨房，厨房及时对菜品的高、中、低档，特色菜的具体搭配与适应消费的程度;羊肉的切割、装盘，辅材的搭配比例协调程度，接待对象的消费需求，调整菜品的风味和花色品种以及价位通知到后厨。

二是餐前必须有准备。前厅必须了解当日厨房所能提供的各类菜品的情况。餐前例会服务员和厨师要相互说明主要客源情况、工作程序和客人有无忌口、有无特殊要求。厨房必须将不能提供的食品事先报告前厅服务员。

三是就餐过程中的服务。前厅力求将客人的就餐动态及时准确传递到厨房，双方严把菜品质量关、温度关,快速准确地出菜上菜。对菜点上齐的时间要有标准的时限。对于客人提出的特殊要求更应快速通知厨房，厨房若要推销特殊食品应有正式的菜单通知前厅，厨房积极配合餐厅及时解决处理好客人就餐中发生的各种问题。

四是事故处理要有先后。如果出现质量事故，前厅要及时与厨房和有关部门联系，力求尽快解决，如点错单、走错菜、投错料，菜量、温度要及时补救，并且要致歉，求得客人原谅；餐厅、厨房、温度、照明、供暖、通风和制冷设备影响营业，遇到客人有投诉，首先尊重客人的意见，满足客人的要求，前厅和后厨再查找原因，及时纠正，彻底整改。

五是餐后要做总结。前厅将当日三餐经营情况提供给厨房，双方根据当天三餐上座率，高中低档食品营销比例，全日营业额，饮料和食品比例，特菜、时菜销售情况，以及人员情况、客人反映、特殊情况——做出总结，汲取经验教训，拿出改进意见。厨房则要根据当日经营情况，预测并制订出次日或今后经营菜品的计划，通知前厅。前厅、后厨是餐饮经营的两个轮子，缺一不可。

郑勤说：前厅和后厨做好了这五件事，就没有扯皮的事，就没有埋怨的话了。

我们在成都采访两天，正式采访她，也聊天闲谈，在离开成都的前一天晚餐，郑勤在一家中餐馆为我们送行。那天我们都喝了一点酒。我们借酒问起一个不该问的事情：当初你跟小白总说，我值多少钱你就给多少钱。现在小白总给你发多少工资啊？郑勤为每一个人都斟满酒，再为自己倒满一杯酒，说："我的工资就像这杯里的酒，满满的，再多就溢出来了。"

郑勤回答得真好。

像郑勤这样聪明、智慧、干练的店长，我们不仅在郑州见过，还在北京见过、承德见过……

我们相信，今后在额尔敦开办的每一个店里还会见到像郑勤这样优秀的店长。

那是肯定的。

"最成都""最世界""最额尔敦"

有人说：张凯瑞长得像小白总朝格图。我们仔细观察，两个人长得还真有些相像。至少诚实、爽快、敦实、幽默的外表两个人是一模一样的。

据张凯瑞说，他们家几代人都做餐饮，家族中有多人是厨师，有的还是名厨。他和他的兄弟也是厨师，两个人都做了大老板了。他对别人做自我介绍时也常常说："我是个厨师，一个做饭烧菜的人。"这就看出张老板为人谦逊，做人诚实的个性了。张凯瑞2014年从黑龙江老家来到成都安家，在成都做的也是餐饮。发现在这里最火的还是北方火锅。一次偶然相遇朝格图，两个人的话题就是火锅，越说越亲密，说到合作开店，一拍即合。第二天，两人走街串巷，在成都选地方开饭店。最后在金牛区解放路找到一个理想的位置。这是一座独立的楼座，424平方米，5.8米层高。小白总一眼看出这里的好处来，他说："把5.8米隔开变成上下层，你的营业面积就扩展成800多平方米了，划算，就选在这里吧。"张凯瑞再左右观察地形，又发现一个优势——楼下面院子里一个偌大空场，可停放40辆小汽车。张凯瑞一锤定音：就这里了。

2018年6月，我们在成都时，张总带着去看正在装修中的店铺。杨方志的装修团队以蒙元文化、草原风格装扮着这座蒙古餐府。

我们写这一章节时，传来张总新店开业的消息：7月28日，成都解放路店盛大起航。他们发布的广告也是别出心裁：

匠心营造——额尔敦有着自己独特风格，继承了之前店面的特色，也更加有创新。时尚感与民族风情结合起来，独特的蒙古马元素遍布全店，一个转角处，一个楼梯口……

灵魂锅底——景泰蓝的分餐锅，都是用古法工艺纯手工制作，做出的每一件都是独一无二的精品，看一眼就让你觉得自己高贵了。

终极鲜肉——涮肉，必须是乌珠穆沁羊，肉质鲜嫩，没有膻味，久涮不老。搭配传统清汤锅和12碟精美纯真小料，让您品尝一种鲜美，让您享受一种美味。

惊喜优惠——额尔敦传统涮火遍全中国，成都冻青树店天天吃客盈门，顿顿排队等餐。不想等座位的您有好去处了，成都解放路209号期待您的光临。这里有您的惊喜，有您最大的优惠。

额尔敦传统涮在成都的又一家店盛大起航了。

那么，第三家额尔敦店选在什么地方呢？

额尔敦传统涮四川成都二店

宽窄巷子。

哇，宽窄巷子啊?!

宽窄巷子，被成都人骄傲地认为是"最成都"也是"最世界"的一个新兴的商业区。宽窄巷子是成都的一条名街，你只要步入巷子就能看到历史留下来的遗迹，也能体会到成都原汁原味的生活方式。这里是最古老的也是最时尚的老成都名片和新都市的会客厅。

宽窄巷子始建于清朝，是成都市三大历史文化保护区之一。由宽巷子、窄巷子和井巷子三条街道及其坐落在周边的四合院群落组成。是北方的胡同文化和建筑风格在南方的唯一见证。

成都人有一种说法：宽巷子是老成都人的闲生活；窄巷子是老成都人的慢生活；井巷子是老成都人的新生活。如今的宽巷子是老成都生活的再现，在这里能感受到老成都风俗人情和几乎失传的老成都的民俗生活；窄巷子则基本是充满现代化气息，典雅的餐厅、酒楼、酒吧，以及各具风味的小吃应有尽有。在琳琅满目的酒楼、饭店占据的宽窄巷子里，火锅餐饮店也是争奇斗艳，"大清八旗铜锅涮""辣山海鱼火锅""火宴山餐厅"等各打各的招牌，各亮各的绝技。如果说成都是全国各种火锅的一个亮相台，那么宽窄巷子就是全国各类火锅的比武打擂的大舞台。

张凯瑞说：额尔敦传统涮以独有的草原风味跻身宽窄巷子，一定让"成都好吃嘴"有一种全新享受。

我们相信他的话，因为他是餐饮世家出身，因为他有多年经营餐馆的经验和眼光。有眼光的张总还选在七一广场再开第四家店，今后陆续在成都开更多的额尔敦传统涮火锅店。

在宽窄巷子与张凯瑞告别时，这个和小白总朝格图长相近似的人幽默地说："在宽窄巷子搞不好额尔敦传统火锅，我就到锡林郭勒草原放羊去。"

在这一章要收笔的时候，张凯瑞打来电话，高兴地说：两位老师啊，成都的额尔敦传统涮第三店开业了。我们知道这个新店坐落在西安北路27号，5个月前我们去看过，那时候这里正在装修。我们说："祝贺啊，你给发几张照片吧，看看新店是什么样子。"

不一会儿，张总发来一组他们店长的作品：亮堂堂的大厅，舒雅的大、小雅间，整洁的厨房。这个以中式风格装修的餐厅，不忘草原文化元素。比如大厅里的云朵式吊灯仿佛是天上飘着的朵朵白云，给人以辽阔旷远的大草原的感觉。

装点出饭店的"魂"

2015年初夏，深圳的八个人在锡林郭勒草原上走了八天。这是由水先生组织的一次寻找之旅。

他们在寻找什么？

他们在寻找草原美味，寻找一个绿色餐饮合作商。

他们在锡林郭勒吃过最鲜美的羊肉，品尝过锡林郭勒马奶酒。遗憾的是没有找到一家可以合作的餐饮商家。

2016年水先生在成都开会，有朋友说：在内蒙古呼和浩特有一家叫额尔敦传统涮的羊肉餐馆，食材选用锡林郭勒小羔羊，五花肉、太阳卷、雪花羊肉片片晶莹剔透，配上12种酱料，谁吃了谁忘不掉……朋友说着直吧唧嘴，就像刚刚吃过额尔敦涮羊肉似的。成都会一结束，水先生就直奔呼市，在体育场店第一次与白总见面。一个深圳大老板，一个草原企业家，一杯奶茶，一碗酒，他们的话题竟然没有离开过草原：蓝天、白云、羊群；炒米、奶茶、手把肉；牧歌、长调、祝酒歌，说得那么投入，说得那么一往深情。上一年在草原八天里没有寻找到的东西，今天一顿饭就全找到了。

这就是额尔敦传统涮！

热爱草原的人，就是草原人的朋友。

第二天，额尔敦和兄弟朝格图一起再一次与水总见面，他们只谈了一个小时，一个合作协议就痛痛快快地签订了。

后来我们采访水总，问起他对白总的认识。水总说：他不爱说话，可一出口就说到点子上；他不多讲客套话，可是一声问候、一个微笑都透着热忱和真诚。

我们也问过白总对水总的感觉，白总就一句话：水总有学问，是个高水平的企业家。

额尔敦传统涮深圳店落户在罗湖区，这是深圳市的中心城区，是深圳中央商务区的重要组成部分。深圳经济特区最早开发的罗湖区的罗湖桥与香港毗邻，是深圳市通往港澳的一个窗口。

额尔敦传统涮在清水河1路博兴大厦5楼上。

这是额尔敦餐饮开在华南的第一家店，一定要高规格装修，要突出民族风格。他们找来一家设计公司来设计，设计图一出来就被水总否定。他们再请第二家设计公司，设计图画出来了，类似老北京火锅店的样子，砖墙、门楼、红灯笼什么的，加一些蒙古族饰品做点缀。设计方还装修了一间样板房请水总看，水总看过了，又请来一些朋友征求意见，大家都觉得没有体现民族风格。

那么，怎样表现民族风格呢？

水总想起去年草原上八天的寻找，他们难道在八天里寻找的仅仅是一个合作伙伴吗？不是，他们寻找的是蒙古民族的文化，寻找的是这个民族不朽的精神和他们的民族魂。

水总忽然想起一首歌，《骏马》：

曾经受过多少风雨都不曾害怕，

黑夜里仿佛又听见了父亲说过的话：

他说孩子，相信你是骏马

狂奔吧　不要害怕！

你要朝着，

太阳升起的地方去流浪

记住月亮升起的地方，

就是你的家乡！

我是一匹奔驰的骏马，

后来你在哪儿啊？

能否给我一片草原，

让我闻到花的芬芳。

内蒙古被誉为"马的故乡"，蒙古草原是"马文化的海洋"，蒙古马不畏艰辛，纵横驰骋，屡建奇功，铸就了蒙古马独特品格和草原勇士的精神。

骏马、马镫、马鞍、套马杆一系列与马有关的马具出现在水总的脑海里。是啊，蒙古族是个"马背民族"，马文化是草原文化的重要组成部分。蒙古人喜欢马，他们把骏马当作最忠实的伙伴，甚至将"神骏"当作崇拜的偶像。老牧民们都说马是有灵性的动物，认为马是苍天派来的使者，它象征着草原更加美丽富饶、象征着牧民善良纯洁的心情，祝福牧民的生活更加繁荣富强。

蒙古族用马奶当作圣洁、辟邪之物。譬如，老母亲用勺子把酸马奶向天洒散，祝福远行的孩子和亲戚朋友一路平安。

被蒙古人视若"神骏"的骏马，被蒙古族艺人绣起来挂在蒙古包里，被画家画出来挂在房间里，被摄影师拍照出来参加摄影展。今天在蒙古族居住地区广泛流行的画《无畏》中的骏马在暴风雨中傲立悬崖，表现了游牧民族勇敢地面对生活、克服一切困难的精神面貌。还有一幅叫《八骏图》的绘画，在绿色大草原上八匹金黄色的骏在草地上安详地生息，表达了蒙古民族期盼和平、安宁、吉祥、幸福生活的美好愿望。

蒙古人敬马、爱马、崇马、尊马、颂马、赞马成为几百年来的独特民俗文化现象。在蒙古族传统的赞词、祝颂词中，对马的形象比喻和描述得深刻感人、惟妙惟肖。在赛马活动中，对获得冠军的马，必须给予赞颂，当这匹快马飞驰至终点后，人们要给马披挂彩带、哈达，洒鲜奶。高声赞颂，赞词十分优美生动：它那飘飘欲舞的长鬃，好像闪闪发光的金伞随风旋转；它那炯炯发光的两个眼睛，好像一对金鱼在水中游玩；它那宽阔无比的胸膛，好像滴满了甘露的宝壶；它那精神抖擞的两只耳朵，好像山顶上盛开的莲花瓣；它那震动大地的响亮回声，好像动听的海螺发出的吼声；它那宽敞而舒适的鼻孔，好像巧人编织的盘肠；它那潇洒而秀气的尾巴，好像色调醒目的彩绸；它那坚硬的四只圆蹄，好像风掣电闪的风火轮。它身上集中了八宝的形态，这神奇的骏马呀，真是举世无双……

长期的马背生活孕育出了马文化。草原游牧民族的生活当中马是不可缺少的交通工具，有了马才能够了解辽阔大草原的内涵，才能够准确挑选出下一次游牧的理想草场；有了马才能使在无边无际的大草原上分散居住的游牧民得以相互来往和交流；有了马才能在无垠的大草原上放养成群的牛群和羊群。

水总脑海里"神骏"的形象越来越清晰，一匹马、一群马，再就是万马奔腾仿佛就在眼前。他一拍桌子，对刚刚请来的设计师说：我们店的装修主题就是"神骏"，表现的就是马文化。

这一次，水总请来的是第三家设计公司。这是一家在世界排名第四的设计公司，主要设计人员差不多都是在欧美、俄罗斯学习进修过的顶级设计师。水总对设计师说："我要的是马文化，突出的是骏马精神，将马鞍、马镫、套马杆等有关的马具作为一种马文化符号融入设计里面。让没有到过草原的客人来我这里看骏马，一定感到新奇；让草原来的客人在我这里看到骏马，一定感到亲切。"

水总聘请来的第三个设计团队果然名不虚传，第一稿就通过了。

2018年5月30日，我们走进罗湖区清水河1路以马文化为主题装修的额尔敦传统涮深圳店，除了骏马的雕塑外，更多的万马奔腾、飞马驰骋、跃马扬鞭等油画；吧台前的八把坐椅也设计成马鞍形，新巧而别致；壁灯设计得更有意思——一条横木，上面是半圆车轮子和一个骑马人木雕，横木下面吊着钟形灯罩，做工精致而灵巧，我们看到每每有人从这里走过，都要驻足欣赏一番。更令人惊奇的是天花板上的300多块隔板，一个隔板一个马头画像，没有一个是重复的，各具神采，各有神韵。

迄今为止，额尔敦传统涮在全国开了50余家连锁店和加盟店，他们都以蒙元文化和草原文化为基调装修店面，唯有深圳店只以马文化做主题装饰店面，表现自己的文化追求和价值取向，彰显自己独有的个性和风格。

今天，酒楼、饭店设计越来越讲究，门面、餐厅、吧台空间设计已成为世界性共享的一种时尚文化，也成为酒店、餐厅空间的灵魂和支柱。在酒店、餐厅空间的装饰中用一种文化特有的元素、符号，突出其文化特质，给消费者留下更深刻的印象以及想象的空间。它可以是一种感觉、一种风格，通过就餐者的记忆、联想把人带进某种特定的情景中。民族的、地域的、高科技的、自然主题的、文化主题的、怀旧复古的、农家生活的，等等，都可以通过设计师深层挖掘主题背后的人文背景，通过巧妙艺术造型设计手法，选择合适的空间形式、创意陈设和布局表现出来。还要通过灯光音响歌唱营造一种气氛。从而创造出与众不同的酒店、餐厅空间艺术效果。满足来酒楼、餐厅客人吃、喝、看、听的多种兴趣，为消费者提供独具个性的文化磁场。这样不仅要创造出自己的品牌，而且让自己品牌越来越明亮，让人看在眼里，记在心中。

额尔敦传统涮深圳店蒙古马文化设计理念和主题出自水先生，而精美的造型、布局、陈设则来自世界著名的设计公司和顶级设计师。

水先生说：酒楼、饭店装修就像一个女子化妆。女子有的化得俏、有的化得丽，还有的化得妖。真正会化妆的女士要化出一种韵致。酒楼、饭店装修要装出一种韵致，这个酒楼、饭店就有了"活气"，就有了"魂"。

深圳和草原的月亮一样圆

一位音乐人说过：音乐有血一样的炽热，有无以言表的激情。我们聚坐在一起，领悟着自己的心声。

深圳店以马文化装点自己的铺面，这就像搭起一个舞台，舞台上有了蓝天白云，草原河流。那么谁在这里歌舞弹唱，让舞台活起来，让聚坐在这里的客人去领悟自己的心声？深圳店的决策人想的还是与马文化有关系的"马头琴"和草原牧歌。于是，他们在开店不久就成立了自己的艺术团，请来了马头琴师和民歌歌手，让琴声引领客人去蒙古故乡，让歌声带客人去游草原。

马头琴是蒙古族特有的一种传统乐器，因为琴杆顶上雕刻着一个精致的马头而得名。它是蒙古人民最喜爱的一种乐器，几乎家家都有。马头琴的声音非常好听，它能拉出草原的辽阔与苍茫，能拨出草原呼啸的狂风，能弹出奔马的蹄声和嘶鸣，还能奏出欢快迷人的草原晨曲。不仅人们爱听，就连骆驼听了琴声都停下脚步听一阵儿才慢慢起步。傍晚牧人坐在蒙古包里，喝着酒，喝着奶茶，拉起马头琴。悠扬的琴声把月亮拉上天空，也把星星拉醒。这是牧人最高兴的时候了。

关于马头琴草原上流传着一个动人的故事。

很久以前,草原上有一个少年叫苏和。苏和很喜欢唱歌,他那美妙、动听的歌声久久地回荡在辽阔的草原上。

一天,在放牧回来的路上,苏和发现了一匹白色小马驹,小马的妈妈不知跑到哪儿去了。苏和抱起小马驹,说:"你要是遇到狼就糟了,我把你带回家吧。"

在苏和的精心照料下,小马驹一天天长大了,长成了一匹健壮的骏马。它浑身雪白,在奔跑的时候,就像是一道闪电。苏和把它当成最好的朋友,每天骑着它去放牧。

这一年春天,草原上举行赛马大会,苏和骑着心爱的白马来参加比赛。

赛马开始了,骑手们骑着马在周围人们的呐喊助威声中你追我赶奔向前方。苏和骑着白马,超过了所有的骑手,飞一般第一个冲到终点。

王爷见苏和的白马是匹不可多得的宝马,想据为己有。他蛮横地说:"我给你这个穷小子三个金元宝,你把这匹白马给我留下!"苏和气愤地说:"你就是给我一座金山,我也不会把白马卖给你!"王爷很生气,叫手下把苏和痛打了一顿。苏和昏倒在地,王爷趁机抢走了白马,得意洋洋地回家去了。好心的牧民把苏和救回了家。

王爷得到了白马,自然想在别人面前显摆一番。没想到,他刚骑上去,还没坐稳呢,白马突然腾空跳了起来,把他重重地摔在地上。白马冲出人群,飞快地向苏和家的方向奔去。它要回到苏和的身边。

王爷爬起来,气急败坏地喊着:"快给我捉住它,捉不住就射死它。"于是,弓箭手们张弓射箭,无数支箭嗖嗖地射向了白马。白马不幸身中数箭,虽然受了重伤,但它仍然拼命地跑,一直跑到了苏和家。

苏和被救回家后，他的心里每时每刻都在惦记着白马。忽然，他听到蒙古包外面凄厉的马嘶声，赶快跑出来看。啊，是白马回来了。看着白马身中七八支箭，流出的血染红了它雪白的身体，苏和的心里难受极了。白马终于见到了苏和，它的伤实在是太重，再也支持不住了，倒在地上死了。

白马死了，苏和就像失去了一位亲人，伤心得吃不下饭，几天几夜都不能入睡，眼前总是闪现着和白马在一起时的情景。

一天晚上，苏和梦见白马活了，只听白马轻轻地说："小主人，你用我的身体做成一把琴，我们就能永远在一起了。"

苏和醒来后，就按照白马的话，用它的骨头、皮、尾巴做成了一把琴。这就是最原始的马头琴。每当苏和拉起马头琴，唱起歌，就像和白马在一起一样幸福、一样快乐，琴声清婉悠扬，歌声袅袅。

其实，这个故事讲的也是蒙古人与马的情感，牧人爱马护马的情结，是对马文化的一种生动诠释。

蒙古族小伙子毕力格是额尔敦深圳店的马头琴演奏员，那天他为我们演奏了《我的蒙古马》和《骏马家乡》等四五支曲子。

毕力格还是个优秀的呼麦歌手，他演唱了呼麦歌曲《蒙古人》《草原之夜》和《万马奔腾》。

呼麦是蒙古人创造的一种极其特殊的人声演唱方式：一个歌手纯粹用自己的发声器官，在同一时间里唱出两个声部，持续低音和与它上面泛音制造出的流动旋律相结合。在中国各民族民歌中，它是独一无二的。据考证，呼麦的历史可以远溯至匈奴时期，至迟在蒙古族形成前后就已经产生。蒙古高原的先民在狩猎和游牧中虔诚模仿大自然的声音，他们认为，这是与自然、宇宙有效沟通、和谐相处的重要途径，由此人体发声器官的某些潜质得到开发，一个呼麦演唱者就能模仿出瀑布、高山、森林、动物的声音，完成自然空间的"和声"，那就是呼麦的雏形。有关呼麦的产生，蒙古人有一奇特说法：古代先民在深山中活动，见河汉分流，瀑布飞泻，山鸣谷应，动人心魄，声闻数十里，便加以模仿，遂产生了呼麦。这种特殊唱法一是咏唱美丽的自然风光；二是表现和模拟野生动物的可爱形象，保留着山林狩猎文化时期的音乐遗存；三是赞美骏马和草原。

呼麦艺术目前不仅轰动国际乐坛，同时也引起世界各国专家学者的极大兴趣和普遍关注，更为民族音乐学家、声乐界专家学者高度重视。我国著名音乐理论家吕骥先生指出：蒙古族就有一种一个声唱两个声部的歌曲，外人是想象不出来的，我们应该认真学习研究。内蒙古音协名誉主席莫尔吉胡撰文称赞说：浩林潮尔音乐是人类最为古老的具有古代文物价值的音乐遗产，是活的音乐化石，是至今发掘发现的一切人种、民族的音乐遗产中最具有科学探索与认识价值的音乐遗产。如蒙古国早已将呼麦艺术列为"国宝"；俄罗斯图瓦共和国则视呼麦为"民族魂"。因此，蒙古人都说：呼麦是与苍天对话的回声，骏马是与大地相连的精灵。

毕力格演唱完走到桌子前对店长说："我们规定是不与客人喝酒的，但是今天我们家乡的老师来了，我为两位老师敬一杯酒，可以吧？"

店长张勇马上满一杯酒递到毕力格手上："两位老师不是客人，是咱们额尔敦餐饮业的自家人，是你们的家乡人。今天不仅你要敬酒，我们每一个人都要给老师敬酒啊！"

接着两位女歌手乌英嘎和乌雅罕一同演唱了《草原的月亮》：

每当月亮挂在天上，
草原就变得很安详。
风吹过绿波　泥土沁香，
我和思念　进入梦乡。

每当月光洒在毡房，
只有那云朵　静静地欣赏。

阿妈的摇篮　童年里晃，
古老的故事慢慢讲。

草原上的月亮　阿妈的目光，
照亮我心中那一份思念。
草原上的月亮　阿妈的祈祷，
有家的地方才是天堂，
有家的地方才是天堂。

在美妙的琴声和歌声里，我们醉了，月亮醉了，星星醉了摇摇晃晃回家去了。

那天晚上，深圳的月亮真圆，和草原上的月亮一样明亮！

张勇的"细节"

张勇是额尔敦传统涮深圳店的店长。

我们在深圳采访四天，天天见他穿着半袖白色衬衣，系着蓝色领带，就是陪着我们就餐也是西装革履。我们在离开深圳的飞机上说起张勇，两人对他的看法评价完全一样，四个字，"精明干练"。

今年46岁的张勇也是个做餐饮的好手。他原先在一个很有名气的粤菜馆当店长。那里的粤菜水先生是常去品尝的，两个人认识了，交流了，看出彼此都是做事的人。特别是张勇，发现水先生是在管理经营上具有非凡能力和战略眼光的企业家。那天，水总对张勇说想开一家蒙餐馆的事，并且把自己准备开一家额尔敦火锅店的想法详尽说给张勇听。水总问张勇有没有兴趣一起做。

张勇说："让我想想，三天后回话。"

这三天里，张勇一直在网上查询额尔敦餐饮在各地的信息，了解他们的经营情况。特别是仔细分析研究这种蒙餐在南方餐桌的上座率问题。认为此事可做，原因有两条：一是额尔敦餐饮以锡林郭勒草原的纯天然绿色食品在全国已经打开市场，而且迅速发展扩大市场；二是相信水总的眼力和他对餐饮市场的敏锐目光。

三天后，张勇回话："我跟你做了。"

2016年9月8日，额尔敦传统涮深圳店试营，11月20日正式开业。张勇是第一任店长。

张店长说："正式开业中午有3桌客人，晚上就要排座等着就

额尔敦传统涮深圳店第一任店长　张勇

餐了。"

我们采访张勇店长，你是怎么经营管理这个店的？他的回答出人意料。他说：洗碗不是小事！还说：一只鼠、一只蝇、一只蟑螂就能毁掉一座酒楼、一家饭店。甚至这个酒楼、饭店在全国的所有的连锁店几天内就会纷纷倒闭。

你是说，管理重在小处，重在细节？

张店长点头："细致到点。"

这让我们想起在呼市、北京、承德采访时，那里的店长、经理们说过：小白总朝格图来店里检查工作，他不听你汇报，不看你前厅是否窗明几净，也不管后厨红案白案清洁与否，他专门查角角落落，越是你不注意的地方他越是查得仔细。

小白总有一句话叫：细节好了，大处就不会有问题。

这是经营管理的一个秘密，是管理学中的一种秘籍。

有一个故事在这里解开这个秘密和秘籍。

在中国台湾有一个做米生意的人叫王永庆，卖米卖出首富。他认为看不到细节，或者不把细节当回事的人，一定做不好事情。而考虑到细节、注重细节的人，不仅认真对待工作、将小事做细，而且注重在做事的细节中找到机会，从而使自己走上成功之路。

王永庆早年因家贫读不起书，16岁从老家来到嘉义开一家米店。在竞争激烈的米市上缺少资金的王永庆，只能在一条偏僻的巷子里租用一间小铺卖米，生意冷冷清清，一天也卖不出去多少米。

怎样才能打开销路呢？王永庆感到要想米店在市场上立足，自己必须有一些别人没做到或做不到的方法。仔细想过后，他想出两个办法：一是提高米的质量；二是服务上门到家。

当时台湾农事还得靠手工作业，稻谷收割后都是铺放在马路上晒干，然后脱粒，砂子、小石子之类的杂物很容易掺杂在里面。米下锅前都要经过一道捡米过程才能吃到没有砂粒的米饭。

王永庆为了卖没有砂粒的好米，他带领两个弟弟一齐动手，一点一点地将夹杂在米里的秕糠、砂粒之类的杂物捡出来，然后再出售。这样，王永庆卖出去的米质提高了，好评也来了，米店的生意越来越好。

在提高米质的同时，王永庆想到了上门服务，为上年纪生活不方便的老人主动送米上门。这一方便顾客的服务措施，大受顾客欢迎。当时还没有送货上门一说，增加这一服务项目等于是一项创举。

送货上门也有很多细节要做。每次给新顾客送米，王永庆就细心记下这户人家米缸的容量，并且问清楚这家有多少人吃饭，有几位是大人、有几个是小孩子、每人饭量如何，据此估算出他们家下次买米的大概时间，记在本子上。到时候，不等顾客上门，他就主动将相应数量的米送到客户家里。

王永庆给顾客送米，还要帮人家将米倒进米缸里。如果米缸里还有米，他就将旧米倒出来，将米缸擦干净，然后将新米倒进去，将旧米放在上层。这样，陈米就不至于因存放过久而变质。王永庆这一精细的服务令不少顾客深受感动，赢得了很多顾客。

不仅如此，在送米的过程中，王永庆还了解到，当地居民大多数家庭都以打工为生，生活并不富裕，许多家庭还未到发薪日，就已经囊中羞涩。由于王永庆是主动送货上门的，要货到收款，有时碰上顾客手头紧，一时拿不出钱的，会弄得人家很尴尬。为解决这一问题，王永庆采取按时送米、不即时收钱，而是约定到发薪之日再上门收钱的办法，解决了即时收款可能会因对方手头紧而出现尴尬的局面，极大地方便了顾客，深受顾客欢迎，使那些接受服务的客户，一个个都成了王永庆的忠实客户。王永庆的米店，也随之生意兴隆，蒸蒸日上。

王永庆精细、务实的服务方法，使嘉义人都知道在米市马路尽头的巷子里，有一个卖好米并送货上门的小老板。王永庆的生意做得越来越好。后来自己办碾米厂，还买了一座很大的临街店铺，生意越做越大，成为台湾的"米王"。

王永庆认真、细心、着眼小细节，从小事入手，把小生意做成大事业。

张勇正是在细微之处着眼、在细小之处着手、在细节上下功夫的经营秘密中，总结经验，提高管理水准。他认为管理最大的问题是在"点"上；事物的基本问题也是在"点"上，只要"点"做到真正完善，那么"线"和"面"也就简单了。

老子说：天下难事，必做于易；天下大事，必做于细。

细节凝结效率，细节产生效益，张店长抓住每一个细小的环节不放。开店初期发现，中午的上座率不高，一个可容纳120~160人的大厅里只来三四十位客人。而到了晚上，大厅满满的，雅间要排队等餐。张勇想到这与深圳的生活方式有关，中午上座率低是因为许多人都在工作岗位上，他们吃的是快餐。那么我们为什么不可以在中午做快餐引流客人呢？于是，他们推出不同价位的自选快餐，22元、28元、38元。客流量逐渐上升，后来上升到300来人。

客流量提高了，新的问题又出现了。一到中午大厅里满满的，吃饭的、等座位排队的人头攒动，客满为"患"，厨房也忙不过来了。张勇又发现一个细节，有人来到店里，一看里面满满的都是人，扭头就走。

如果客满为"患"这个事情得不到解决，客人很快就会再次流失。今天是300人，明天就会变成200人，后天说不定变成100人了。

怎么办？总不能把上门来的客人拒之门外吧。张店长又想出一个办法，把一部分客人引进雅间里。

怎样引进雅间里？

细节体现艺术，张勇的办法是，在客人消费100元后，送30元优惠券，持有三张优惠券就可以进雅间吃大餐。当然一张优惠券，两张优惠券也可以进雅间，只要客人在优惠券外补齐到100元，谁都可以进雅间消费。这样将300名客人分流在大厅和雅间里，客人不排队了，厨房也不忙了，客人也都留住了。

由此，张勇想到，晚餐雅间里的客人也可以送优惠券啊。他做了尝试，结账时消费满300元的送客人30元的优惠券，发现这个客人就在第二天，或是在第三天又来就餐。送优惠券、打折是额尔敦传统涮深圳店的一条经营之道。这里没有讨巧取悦客人的意思，这种经营方式就是店方少挣一些、客人多来一些，客商两方双赢双惠，就是我们常说的"薄利多销"的一种经营方式吧。

细节是一种创造，细节是一种功力，细节里隐藏着机会。张勇有一个特殊的记录簿，上面清清楚楚地记录着，每一天、每一周、每一月、每一季、每一年的营销数据。哪一天、哪一周，市场菜肉价是多少，餐厅的上座率是多少；哪一月、哪一季的上座率比例有什么变化，有记录有比照，然后总结归纳出同期比照的各种数据。再从这些比照数据里分析问题，寻找内在的规律性和常规性的浮动与变化，从而做出最准确的财务预算、采购计划、人事配备。做到不多花一分钱、不采买多余的材料、不多用一个闲人。在计划管控里获得利润，从细节小处去挣钱。

额尔敦传统涮深圳店把送优惠券、打折作为一种经营方式一直坚持到今天。他们把每一个假日、每一个节气都作为优惠客人的一个好日子，宣传组织活动。比如，七夕情人节的宣传诗是这样写的：迢迢牵牛星，皎皎河汉女，纤纤擢素手，札札弄机杼。终日不成章，泣涕零如雨。河汉清且浅，相去复几许。盈盈一水间，脉脉不得语——七夕佳节跟心仪之人来额尔敦传统涮，涮一个好心情，涮一个好姻缘，留一个好记忆吧！店长为有情人7.9打折优惠。滚烫的火锅象征着火热的爱情，香辣的调料代表多彩的生活，奶香浓浓就是一生的甜蜜。

把酒问月，情满秋夕——额尔敦中秋节为新老客户送免单福利；世界杯足球赛，我们温暖球迷——6.9打折。2018年9月，额尔敦传统涮深圳店迎来了两周年店庆。他们打出一条很新颖的广告：额尔敦在蒙语里的意思是"宝贝"，寓意所有来额尔敦吃饭的人都是非常尊贵的客人。内蒙古到深圳相隔两千多公里，人未动，舌尖却早已翻山越岭，一锅热气腾腾的传统涮、一口肥瘦相间的羊肉串、一曲策马奔腾的草原歌曲，都是额尔敦暖心暖胃的诚意……

深圳店已经开办两年了，这是额尔敦华南的第一店。正如水先生说的那样：额尔敦在深圳开店有着深远的战略思考，在最发达的经济特区打开市场，已经走到了南国大门。明天，或者后天，额尔敦的脚步就会迈进香港、澳门，再走向南亚各国已经不是个梦了。

因为，常常有香港、澳门的客人来深圳罗湖区清水河1路吃传统涮。他们来的次数多了，来的人也越来越多起来了。就在前天午餐后喝茶，忽然有服务生跑来报告店长。张勇站起来说："老师失陪了，香港客人来了，我去安排一下。"

额尔敦传统涮还在国内，却有香港、澳门的客人跑来品尝，她走出去的日子还远吗？

那天早晨，我们离开深圳，张勇店长送我们上车。他依然是穿着白色衬衣，系着蓝色领带。我们再一次注意到这个细节是因为张勇是一个非常注重细节的人。他每时每刻都西装革履是工作需要，是一种职业修养。张勇在店里西装革履迎接香港客人，是一种职业人的礼仪，是额尔敦企业文化的一次展现。

就在昨天，张勇发给我们一条短信，上面写着"无视细节的企业，它的发展必定在粗糙的砺石中停滞……"

我们不知道这句话是他总结出来的深刻体悟呢，还是借用他人的名言警句鞭策警示自己呢？这不重要，重要的是这句至理名言，已经被张勇深深地铭记在心了。

"包头老乡"有点急

我们在2018年5月中旬到6月中旬，从北到南采访了额尔敦开在各地的餐饮企业以及企业的管理人和工作人员。有一个人的名字一再出现在被采访者口中，也一次又一次地记录在我们的采访笔记里。

这个人叫杨方志，是包头市金业装饰设计工程公司总经理。

我们和杨总第一次见面是在成都。

那天中午在冻青树店午餐，大家都坐齐了，还空着一个位置，店长郑勤说："大家稍候，还有一位客人马上就到。"

客人来了，他就是杨方志。

杨总一坐下，郑店长首先介绍我们两位年长的人。刚刚坐下来的杨总又站起来和我们握手，还连连说：咱们是老乡，包头老乡啊！

一个浓浓的四川南充口音的人，怎么是包头老乡呢？

菜端上来了，主食也上了。"包头老乡"却说话了："怎么没有酒呢？不给远道而来的蒙古客人上酒是失礼的呀。"

说得郑店长不好意思，她说："我问过两位老师了，中午不喝酒，下午还要工作呢。"

"可以少喝一点嘛。"杨总一挥手叫服务生上酒。酒来了，他为我们斟满一杯端起来了："内蒙古老乡在成都相会，我给两位老师敬酒啦。"

杨方志也是一个客人，可是俨然成了这里的主人。一个热情好客、直爽坦诚的四川人形象就这样留在我们的第一印象里了。

2018年10月25日，我们在杨方志开办的额尔敦传统涮包头店里，再一次坐到一起。杨总个子不高，眼睛不大，是个典型的"川相"汉子。他说话总是笑眯眯的，笑眼里满满的幽默和智慧。

杨总笑眯眯地说他来包头创业25年了，是一个老内蒙人了。"包头老乡"在这里得到合理的解释。

杨方志的装饰公司2010年1月成立，他们在包头装修的第一家是俏江南饭店，活儿干得好，让饭店老板很满意。接着去给包头交通银行等几家大银行装修，一下子在包头有了名气。

"位于呼和浩特体育场的额尔敦传统涮，是额尔敦餐饮公司的第一家店，是我给装修的。"杨总很自豪地说："设计师是张文东，他把蒙元文化、草原格调、民族风情融入设计理念里画出来的设计图，一稿就被白总接受。后来，张文东这种设计成为许多额尔敦火锅店装修的样板。呼市的额尔敦店是这样，成都的几家额尔敦店也是这种风格装修出来的。"

坐落在锡林浩特市锡林大街路和海河路交口处的额尔敦酒店，是目前额尔敦餐饮公司最大的一家酒店。是能为顾客提供餐饮、住宿、会议、商务综合性服务，以及举办各种庆典活动的一座6层大楼。2012年白总买下这座大楼后，点名要包头的张文东来设计，请杨方志的装修团队来装修。杨总的装修队伍从2013年6月，一直做到2014年6月，整整做了1年。可谓精耕细作，把这个锡林郭勒盟的旗舰店装修得富丽堂皇。大楼外表墙体以蓝白色涂料涂饰，蓝色代表天空，白色代表乳汁。色泽清雅，格调端庄，成为锡林浩特市现代装修的一个典型建筑。

其中有一个有趣的插曲。

酒店在锡林大街和海河路交口的西南处，门前交叉的两条主干道都很宽阔，路的两边绿化地余留也很大。原先酒店的大门斜面砌垒，面对宽展的十字路口。以前大楼没有装修起来的时候还看不出什么，现在一看斜向面对十字路口的门面总觉得别扭。

白总看着别扭，杨总看着也不对劲儿。

怎么看着别扭？怎么不对劲儿？谁都说不出一条修改意见。

这时候大师来了。大师是这个酒店的设计师张文东。

张工说：宅院、府第、饭店、酒楼坐落都要讲究一个朝向，分"坐"和"向"。坐和向的方向永远是相反的，如"坐北朝南""坐西朝东"。咱们这个酒店就是坐西朝东，又在十字交叉口，什么方向开门好呢？现在的开门斜对十字路口，看着很宽阔敞亮，却是"斜门"对了"歪道"了，违背了"坐"和"向"传统建筑的规则，所以看着就别扭就不顺眼。

张工指着杨方志问："你做装修这么多年了，你见过有一个大门口是朝着东北方向开的吗？"

大家听明白了，面朝东北方向的门装错了。

错了就改。杨总的施工队七手八脚拆了这个错误的门，改为朝东方向的门。一改果然不别扭了，看着也顺眼了。

紫气东来，迎面朝霞。每天大门一开，满堂满厅亮灿灿的，明晃晃的，喜庆。

由杨方志设计、装修的锡林郭勒酒店是锡林浩特市最讲究的酒店，集餐饮、住宿、会议于一体的一家涉外蒙古风情酒店。占地面积1.6万平方米，拥有各式客房74套、中式餐厅雅间18个。二楼有法式铁板烧、可容纳300人的多功能厅两个。酒店秉承"精致、精美、精细"的服务理念，为客人提供洁净、温馨、舒适、贴心的餐饮住宿服务。

一开业就红红火火。

杨方志负责装修额尔敦体育场店，体育场店火了。

杨方志负责装修锡林郭勒额尔敦旗舰店，旗舰店也火了。

一天，白总对杨方志说："杨总，你不想在包头开一家额尔敦火锅店吗？"

一心一意搞装修的杨方志还真没有想过自己开饭店。白总说了，他真动心了。额尔敦传统涮开一个店火一个店，为什么自己不开一家呢？

一业为主保"饭碗"，多业并举求发展。杨方志一直有这个想法，只是没有想到开饭店。白总的提议启发了他。杨方志回到包头找好地方，还请来大白总额尔敦和小白总朝格图看了看。他们都说选址不错。这个店就是今天的啤酒厂店。由杨方志以承包形式管理这个店。

我们问："承包的啤酒厂店经营得怎么样？"

杨总眯眼一笑："怎么说呢，在包头和同行业餐馆比，还算不错。可是和成都、深圳的几家额尔敦传统涮比，我做得就差了。"

"差在什么地方？"

"差在市场，差在上座率。"

"原因找到了？"

"找到了。"杨总掰着指头说："首先，包头应该说是火锅最集中的地方。小肥羊、小尾羊、草原牧歌、草原兴发都是包头的大企业。还有外来的川味火锅、东北火锅等到处都有，真有些饱和了，却还有人在盲目地开火锅店。店多客少，不好挣钱啊。第二，包头市的外来客流量少，本地客人消费相对弱一些。羊肉是火锅的主料，羊肉价比猪肉价又高出许多，这样就把一些收入不高的客人挡在火锅店外面了。第三，也是最重要的是我承包的啤酒厂店的策划、营销、管理有点跟不上。我是个搞装修的，做了20来年，也算是装修业内的老行家了，做起来还得心应手。做餐饮就外行了。以前总觉得开饭店嘛，能有多难？做开了，遇到问题了，麻爪儿了，知道隔行如隔山，咱们开饭店学习的东西很多，学策划、学营销、学饭店管理……"

"成功一定有方法，失败一定有原因。"杨总沉默了一会儿说："在呼市额尔敦传统涮开了十几家都很成功，最近又开发新项目，开了额尔敦手扒肉店，听说一开就火了，为什么？就是有一个好策划、有一种好模式、有一条好的营销策略。他们开业第一天就打出消费满500即送50元代金券5张。500元的消费一下子变成250元的消费了，这账该怎么算？"

杨总解释道：咱们一般人都看不懂，也整不明白。首先是认识问题，在对这种模式还没有弄清楚的情况下，你就把它当作骗子来看。认为这个饭店要倒闭了，他们是在圈钱，准备逃跑了。但是懂得这种模式的人却把你当作傻瓜，因为他们在偷偷地赚大钱，而你却在那里傻笑。为什么人家在赚钱，你却在傻笑，原因是你对人家的策划模式看不懂，又不去了解这种模式的"奥妙"在何处。所以说经营商业就是经营人生，成功与失败就在于你怎样策划、怎样经营、怎样管理。

杨总最后说："你有一个好模式，就有可能致富；找到一个好项目，也可能致富。一个好企业人都知道：钱在哪里，心就应该在哪里。"

"企业要盯着客人的腰包啊?"我们开玩笑说。

杨方志急忙解释："不是盯着客人的腰包，是盯着市场，是和同行业争取顾客——通过你的策划、营销策略让顾客来你的店，通过你的好食材、好服务让顾客到你这里消费。"

尽管杨方志懂得许多关于策划、营销、管理的重要意义，但是认为饭店管理他一定要向额尔敦餐饮公司学习。他说：额尔敦餐饮公司一开始只有三四个策划、营销人员，现在发展到二三十人，为什么?因为谋事要"谋而后动"，谋即谋略策划；动即行动。先把事情谋划好了，再把事情做起来。一个企业的营销策划者是大"参谋长"，营销策划部门是"参谋部"，有他们企业就发展壮大，遇到问题也能化解危机。额尔敦餐饮公司就有一个好的"参谋长"和一个优秀的"参谋部"。

我们问杨总："那么你的参谋长是谁? 参谋部在哪儿呢?"

杨总说："我没有参谋长，也没有参谋部。我的参谋长就是郭永刚、班学飞。有他们我的店就火起来了。"

杨方志还有一家额尔敦火锅店，在富强南路上，因为紧挨着包头老财贸学校，所以叫财校店。杨总经营两个店，他的期望值很高，他要和红红火火的成都店比，要和红红火火的深圳店比。

看来我们的这位"包头老乡"有点急啊！

第五章

草原新牧人

绝不让草原流泪

那是在2017年3月22日，下午。

在呼和浩特采访席军。

席军是北京兴禾牧业科技有限公司总经理，还是一位蒙古族畜牧业专家。

席军被额尔敦请来，是帮助策划建设现代化牧场的。

作为学者的席军很有激情，说起草原，一往深情。说到锡林郭勒大草原更是赞不绝口。他说：锡林郭勒草原是世界上闻名的草原之一，也是中国最美六大草原之一。这个被称为"丘陵上的河流"的地方是蒙古族发祥之地，又是成吉思汗及其子孙走向中原、走向世界的地方。这里既有一望无际广阔幽深的壮阔美，也有风吹草低现牛羊的动态美，还有蓝天白云、绿草如茵，牧群、牧人与自然的和谐美。

席军话锋一转说：可惜我们没有很好地加以保护和利用啊。草原退化、碱化、沙化、气候恶化以及严重的鼠害等一系列生态问题，在我们内蒙古大草原均不同程度地存在着。这是人类对草原不合理利用所造成的生态恶果。草原退化的标志之一是产草量的下降，草场退化的标志之二是牧草质量上的变化，可食性牧草减少。草原退化，植被疏落，导致气候恶化，许多地方的大风日数和沙暴次数逐渐增加。气候的恶化又促进了草原的退化和沙化过程。我国北方地区沙漠化面积越来越大。因沙漠化，草原鼠害也日益严重，使一些草场完全被破坏而失去使用价值，给牧业生产和牧民造成直接经济损失，令人心痛啊！

人类让草原流泪，草原必将让人类流血。

席军说：保护草原，保护锡盟草原生态系统，合理开发利用草场资源，促进畜牧业发展，带动牧民发家致富是一个有社会责任感的优秀企业家一定要做的事情。额尔敦几年来一直思考这个问题，今天已经摆到企业发展的议事日程上了。

额尔敦建设一个现代化科技养殖基地的想法由来已久，一直作为企业发展扩大的重点选项。

建设养殖基地，平衡草畜关系，让草原有一个休养生息的机会，就得科学养殖，在羊肉的品质上下功夫，提高羊肉价格，增加牧民收入。

席军很痛惜，他说：我们蒙古人一直不服气，为什么我们的羊肉卖不出好价钱？"小姐"的身份，卖的是"丫环"的价。曾经新疆的

羊可以卖到100块一斤，甘肃的羊也卖到90块一斤。可是我们内蒙古的羊只卖二三十元一斤。原因是我们盲目地追求数量而不去追求质量。为了数量，过度放牧，草原退化了，生态被破坏了，我们生活生存就成为大问题。

席总认为，科学养殖，就是寻求一种平衡。我们现在要做的就是追求质量，而不是数量。将数量和质量的比例调控好了，也就达到人—生态—自然的平衡。

席军还给我们介绍了什么叫科学养殖、怎样提高羊肉的品质。科学化养殖，首先要把牧羊人培养成为一个"保姆"，把羊舍设计成"产房"，把整个育羊环境，当作"保育院"；再把牧场变成无污染的纯天然的养殖园，就是额尔敦木图说的现代化牧场。

建设现代化牧场，实现科学养殖是对传统养殖的一次革命。

作为被额尔敦请来策划建设现代化牧场的席军，为我们描述了额尔敦现代化牧场建设的意义与前景。他认为建设现代化牧场，首先要在草原上起到一个示范标杆作用，带动牧民科学养殖，保护草原生态，让草原草绿水清。在养殖上一定要用现代技术和科学，为牧民提供技术指导，还要帮助牧民解决在设备、饲草料、人力，包括金融上遇到的困难，延伸产业链。在羊肉品质上下功夫，在羊肉深加工上用心思。提高产品价格，增加牧民收入。这样把传统的以户为单位的牧民，变成职业化、专业化的牧民。特别是培养草原上的年轻人，让他们从羊倌变成专业的牧工、畜牧师、牧场场长，成为草原的主人。让畜牧养殖产业成为绿色产业，成为草原上永不衰竭、永远蓬勃发展的阳光事业。

这就是额尔敦的理想，也是他今天正在着手做的事情。

额尔敦说过：帮助牧民发家致富不是说的，是做的；让客户吃到安全绿色羊肉，不是保证，是科技；建设现代化牧场，不是一张蓝图，是行动——保护草原永远蓝天白云、青草绿水，天堂锡林郭勒大草原，科学养殖，平衡草畜关系，就是为了保护草原、保护牧民、保护我们的明天与子孙后代。

这是企业家的胸怀与眼光，更是一种责任担当。

人类让草原流泪，草原必将让人类流血，这是大自然对人类的一种警示。但是，人定胜天，这是我们对大自然的庄严宣言。科学养护草原，是今天的企业家、牧羊人对大自然的郑重承诺，也是对子孙后代的庄严承诺。

今天，用科学发展观治理草原的人们，让泪水变成雨露，让雨露变成河流与湖泊，让草原永远青草碧水。

最好吃的牛肉在草原

2018年8月，我们在锡林郭勒的正镶白旗再一次见到席军。一年前他为额尔敦策划建立现代化牧场、科学养殖的事情。我们今天在旗政府所在地明安图镇见面时，席总正忙碌着筹建草原生态肉牛育肥场。这是一个养殖示范区，因此大家又习惯地称之为"养牛基地"。

这天，额尔敦是专程跑来看这个基地的，席总带着我们一行来到明安图镇外的育肥场。这是一片草原，草地上淙淙溪流在欢快地流淌。西边和西北面是低矮的群山与云天相连，宽阔而悠远。这里的草长势良好，草尖已达人的膝盖处。白总看了很高兴，连连说："地方选得好，选得好哇！"

席军说："这是白旗最好的一片草原，有300多亩，旗政府支持额尔敦羊业，就划拨给咱们了。"

这是一项打造额尔敦羊肉品牌，推动"从草原到餐桌"产销链的一次具有战略意义的开发。草原生态肉牛育肥场建设，政企联手，因地制宜，打造以肉牛文化为特色的"放牧+原生态育肥有机结合"的商业模式；以"公司+牧户+基地"的生产经营模式，将科学技术与传统养殖业结合起来，提高养殖规模及科学技术含量，促进养牛业向集约化、规模化、科学化经营。充分发挥龙头企业的带动作用，带动周边地区养殖户共同发展，增加肉牛的个体产出，提高畜牧业的养殖效益，帮助牧民致富。

席总说：这个基地咱们企业重视，政府的支持力度也很大。这样我们就有信心把基地建设成为自治区有影响力的草原生态肉牛育肥示范区和牧区转型的一个试点区。

蒙古族畜牧业专家　席军

我们问:"这么大一个基地,每年出栏多少头牛啊?"

席总回答:一万头。

四个月过去了,我们想知道育肥场建设得怎么样了?这是一次手机采访。席总没有说几句话,就先发来一段视频。他说:你们先看一段视频吧,然后咱们再聊。视频发来了,这是中央电视台经济频道上一年录制的节目,《大国农道——中国牛肉斗得过进口牛肉吗?》节目以讨论、辩论形式研究中国牛肉产业发展、中国养殖企业出路方向问题。参加辩论的嘉宾除都是与"牛业"有关系的专家学者外,还请来两位养牛户:一位是北京金鑫现代农业发展有限公司总经理金振启。他是个养牛大户,养着3780头牛。另一位是山东养牛户占玉河,2010年他养30头牛,去年19头,今年只养8头牛。这样辩论的焦点就出现了:中国要不要养牛,怎样养牛?

随着生活水平的不断提高,人们越来越注重食品的保健作用。而牛羊肉是草食动物、绿色食品,牛羊肉市场的消费量逐年上升。可是养牛的人越来越少,规模养殖更是少得很,所以牛肉价格一年比一年高。国外牛肉进口也就逐年增加起来了,而且进口牛肉均价低于国内牛肉价格约一半,中国牛肉竞争不过进口牛肉。

这牛怎么养?

从更大的视角看,牛羊肉越来越成为人们餐桌上优选的食物。世界发达地区牛羊肉占肉类比例为一半以上,而中国仅占10%左右。牛肉人均占有量,世界发达国家在50公斤以上,世界人均10公斤,而中国却不足5公斤。这就是说,中国牛肉市场随着人民生活水平的提高和饮食习惯的改变,需求量会越来越大。

争辩双方激烈交锋,一方主张进口牛肉,逐渐发展中国牛肉养殖水平和养殖规模;一方主张发展中国养牛业,扶持养牛户,特别是养牛大户和专业养牛户要科学化养殖、规模化养殖，形成产销链，打造中国牛肉品牌。

这时候主持人做了一次民调，让与会的听众按桌上的按钮，同意进口牛肉的按蓝灯，反对进口牛肉的按红灯。

红、蓝灯都亮了。红灯略多于蓝灯。

接着主持人又安排一个进口牛肉和国产牛肉的口感对比的环节，请厨师端出加工好的四盘牛肉。请两位嘉宾上台品尝，结果是两位嘉宾品尝过后，异口同声都说：还是国产牛肉好吃。

再接着辩论，议题转入：进口牛肉和中国牛肉区别真的那么大吗？牛肉缺口让进口牛肉堵上吗？养牛户到底继续养还是不养？争辩双方各抒己见，就养殖科学技术层面、牧场环境建设、投入产出效益、市场运作和市场培养等充分发表意见。最后由中国国际经济交流中心副理事长魏建国做总结发言，他说：市场就像一个拳击场，拳击尤其要保护自己，就像山东占玉河大哥这样散的，而且是小的，又可以说科技含量不高的，面对风险和困难越来越大的广大农牧民的利益。那么，我们怎么办呢？我想我们的出路不是退缩，我们的出路是迎上去，迎接这个挑战。我们现在应该对传统的农牧业要有一个非常大的、决定性的一个行动，那就是两个字"改革"。只有改革，只有把我们整个的、小的、散的、差的、落后的养殖业扶持起来，要保护我们的畜牧业发展。同时我们要考虑适度进口国外牛肉，调剂口味。更重要的我们不是这个目标，我们中国新一代的、现代化的、专业化的养牛大户会坚持的、会努力的。我们要想到的是未来世界上养牛大户一定出现在中国。我们还要想到，最好的牛肉一定是中国牛肉！

"哗——"的一下，全场200张桌子上的200盏灯全部亮起来了。

一片红灯。

……

这次电话采访席军，是想了解育肥场建设进度情况，还有上次没有来得及问的，作为草原生态肉牛育肥示范区和牧区转型的试点区。它的示范作用是什么？它的转型试点意义是什么？看了中央电视台录制的这台节目，答案就有了：示范区的作用就是加快推进畜牧业的供给侧结构性改革，优化畜牧业产业体系、生产体系、经营体系。推进畜牧业提质增效、牧民增收。努力调整畜牧业养殖结构，深入实施"减羊增牛"发展战略，推动优质良种肉牛产业取得积极进展，产出中国最好的牛肉，草原最优质的牛肉。它的转型试点的意义是随着乡村振兴战略的实施，让一些有实力的企业带头组织联合那些小的、分散的养殖牧户走到一起，整合成为一种新型的生产关系，或组成合作社，或组建基地，以科学化、集约化、规模化养殖为目标。要培养中国新一代的、现代化的、专业化管理人员和技术骨干。将基地—工厂—市场—餐桌联结成为产、供、销一条龙锁链，环环紧扣，让中国牛肉不仅在中国有市场，在外国也有市场。

《大国农道——中国牛肉斗得过进口牛肉吗？》，似乎把我们要采访、想了解的内容全都告诉我们了。

我们再一次拨通席军的手机，说："我们看了你发来的视频，一切都明白了。"

"那么，还需要采访我吗？"

"不用了，想知道的都知道了，没有弄明白的视频里也看明白了。"

席军说："那我再给你们发一组新拍的照片吧。"

不一会儿，席总发来一组照片，这是刚刚在基地建设现场拍照的，第1张是挖开地基的照片，第2张是地面硬化的照片，第3张是厂房建设的照片，第4张是……

我们从照片上看到，低矮的群山依然云天相连。已经是秋天了，草原的天空更蓝了，白云朵朵。我们想，那每一朵白云上都有一个牧人的梦啊！

羊业协会是咱们的家

农村、牧区实行"联产承包责任制"后，极大地提高了农牧民的生产积极性，农牧产品大量推向市场。可是农牧民的生产效益并没有明显提高，为什么？原因是市场交易环节繁杂，中间商、二道手从中刮去一笔。在牧区又被"羊贩子"砍去一刀。农牧民为了保护自己的经济利益，抵御来自市场的种种风险和中间商的盘剥，他们自发组织起"合作社"。"合作社"分工合作，生产、加工、运输、销售一条龙，有效地保护农牧民的利益。可是十几户、几十户为单位的合作社面对庞大的市场和复杂的社会显得力不从心，其生产的产品没有卖到应有的价位，农牧民的经济利益还是没有得到有效保护。

这时候，另一种民间组织应运而生。这就是"农业协会"和"羊业协会"。

锡林郭勒盟乌珠穆沁羊业协会是锡林郭勒盟最早成立的民间组织。协会创立于2015年7月17日，是经锡林郭勒盟民政局批准，以服务牧民为目的注册的盟级综合服务型协会。协会服务区域以东乌珠穆沁旗、西乌珠穆沁旗、阿巴嘎旗、乌拉盖开发区、锡林浩特市等地区为主。

2018年8月2日下午，我们在锡林浩特市额尔敦酒店采访了锡林郭勒盟乌珠穆沁羊业协会会长宝音阿日布其格。

人到中年的宝音会长，只读完初中就回到嘎查放羊去了。他是一位善于思考、喜欢琢磨事的人。宝音一边放羊一边思考，怎样把自己的羊卖到最好的价格？怎样将嘎查的牧民组织起来，直接面对市场，将乌珠穆沁的好羊卖出好价钱，让牧民获得更多效益？有想法的宝音于2003年在哈日阿图办起了最早的"牧民服务协会"。他把牧民组织起来，依靠集体的力量，不仅抵御市场风险，还在白灾、旱灾、虫灾时组织牧民集体自救，提高了自救能力，减少牧民的损失。

2010年，宝音妻子去日本读研，他去陪读。在日本的4年时间里，宝音走访日本农户、市场，还走进日本高校听课，拜访那里的专家、教授，请教有关农牧业生产、加工、销售及怎样组织行业协会、服务管理等问题。他从这些教授那里知道日本早在100年前就组织起"农民协会"。发自民间的协会组织，帮助中小生产者通过互助合作，不断提高生产能力。协会以信用组合、贩买组合、购买组合以及生产组合4种组合制度实现生产销售组合化程序，最大限度保护农民和中小企业者的利益。

1947年，日本颁布施行了农业协同组合法，根据此法，建立了农民互助合作组织。基层农协一般以市、町、村等行政区域为单位组织。他们的服务内容包括农业生产资料供应、技术指导、农业信息、农产品采后处理、信贷、保险以及生活、医疗卫生，等等。

由于农民协会准确掌握农业信息，日本的供需市场十分稳定。比如，每年进口多少稻谷？国内需要多少？需要种植多少水稻？都有精确的数据。农民根据这些数据种植水稻，供需市场平衡了，大米的价

颖尔敦木图与牧民在一起

格也就稳定了。

宝音在日本陪读4年，也学习了4年。

宝音在日本的时候，中国锡林郭勒的羊肉市场大起大落，羊肉价格曾经涨到26元一斤。这个价格刺激了牧民，他们增加养羊头数，大量羊肉出现在市场上，供大于求，羊肉价格一路下跌，到2015年跌到一斤羊肉只卖到16元。这么低廉的价格还要被羊贩子从每一只羊以60～100元的差价宰去一刀。牧民辛辛苦苦忙了一年，连本儿都赚不回来，而羊贩子仅仅在收羊的两个月里就从锡林郭勒羊肉交易中挣到几个亿。

宝音实在看不下去了。他要站出来组织羊业协会，保护牧民的利益。

2015年7月17日，宝音的"锡林郭勒盟乌珠穆沁羊业协会"经锡林郭勒盟民政局批准正式成立。协会以服务牧民为目的，服务区域以东乌珠穆沁旗、西乌珠穆沁旗、阿巴嘎旗、乌拉盖开发区、锡林浩特市等地区为主。协会的业务涵盖活畜养殖、加工、运输、销售、饲草料加工、银行贷款、进出口贸易、牧业信息咨询、电子商务等全产业链服务。在各级政府的正确领导和大力支持下，协会始终致力于增加牧民收入、推动牧区经济发展、提高牧民素质、保护和发展"天下第一羊"——乌珠穆沁羊的品位、声誉和价格。

协会成立后，牧民纷纷加入，将自己养殖的羊经由协会卖给屠宰厂。2016年，1000户牧民送羊17万只；2017年，3000户牧民送羊50万只；2018年，将有5000户牧民送羊80万只。因为协会在市场上有话语权，羊价由协会和厂家协商到一个合理的价位再进行交易。协会尊重牧民的交易权和话语权，为他们做主，保护他们的利益。

锡林郭勒盟乌珠穆沁羊业协会成立的第二年，他们卖给额尔敦羊业的价格恢复到 2012 年前的价格，白条羊肉一斤 26 元。

2016 年，全盟推动了"追溯羊"政策，即羊肉上市后其来源可追溯，责任可追查，能够保障羊源出处。消费者在餐桌上直接扫描二维码即可知道，摆在餐桌上的这盘羊肉是哪片草原上放养、谁家的羊、吃得是怎样的牧草。二维码有明明白白的记录。

由协会出栏的追溯乌珠穆沁羊肉产品，不仅针对消费者提高了产品信誉，而且对整个市场的乌珠穆沁羊肉品质的提高，起到了整顿性作用。仅 2016 年的追溯羊项目就给牧民带来了 1000 多万元的额外收入，也为合作的企业带来了显著的利润。

牧民说：协会是我们自己的组织，是我们的家。

额仁高毕苏木的一位老阿爸养着一群羊。多少年了，他都要经过一个"收羊的朋友"卖掉自己的羊。2016 年一只羊卖了 300 元，2017 年，"朋友"又收羊来了，一只羊 560 元。阿爸出栏 100 只羊。那天，阿爸、额吉说要去旗里，就搭乘拉羊的车来到旗里。车到旗里额吉说：今年的草原上雨水多，草长得好，羊膘上来了，想到屠宰厂看看每只羊的出肉率有多少？

"收羊的朋友"害怕他们去厂里，车一开进厂大门，他急忙下车，拦住要下车的阿爸说："每只羊我再加 20 元，咱们到银行取钱吧，晚了银行就关门了，今天就拿不到钱了。"

正在院子里帮助收羊的协会驻厂代表，看到车上车下两个人拉拉扯扯，就好奇地走过来问："买羊来了？今年卖羊可是好价钱，一只羊卖 740 元呢。"

"什么？"阿爸睁大了眼睛，"一只羊卖 740 元？"羊贩子不好意思了，说："在草原上收羊是一个价钱，到厂里卖又一个价钱。"

草原上的人讲道理。阿爸把拉羊的运费交给羊贩子，把羊直接卖给厂里。100只羊多卖了1.8万元。老人家十分感谢协会驻厂代表，非要请他去喝酒。

额仁高毕苏木这位阿爸，每年的羊都卖给羊贩子，已经十多年了，他也说不清楚自己究竟损失了多少钱。

还有额和宝力格苏木的一个中年牧民，前年卖给羊贩子300只羊。每只羊600元，也是跟拉羊的车到屠宰厂。厂家收羊每只690元，羊贩子300只羊一转手就多卖2.7万元。他自己都不好意思了。把7000元的零头还给这位忠厚的牧民。

多少年了，许多牧民的羊都是经过二道羊贩子手卖出去的，他们的损失是多少，谁都说不清楚。

因为有了合作社和羊业协会帮助牧民经营羊业，草原上的牛羊贩子再也挣不到钱了，他们很快就退出这个市场。牧民收入增加了，市场也就稳定下来了。

乌珠穆沁羊业协会成立三年，三年里帮助4000多户牧民有序进行牲畜出栏，为保护牧民的利益、稳定市场起到重要作用。今天这个协会已经发展会员1700多户。协会还成立了蒙故乡牧业有限公司，与东乌珠穆沁旗利民冷库入股合伙经营，开展畜产品深加工业务，预计年产量将达到1.2亿至1.5亿只羊。与内蒙古额尔敦肉业有限公司签订每年供应1000多吨羊肉合同，购买了10台货运汽车，为牧户出栏提供更多保障。

协会是牧民之家，服务是第一要务。宝音阿日布其格作为一个新时代的牧民，他帮助牧民和牧业走出传统的生产方式，教会牧民掌握牧场经营和市场管理的知识，让越来越多的牧民学会以市场和消费者的需求，用新技术和新的养殖方式提高生产率，增加收入。协会还开启电子商务，培养牧民网上进行销售运营。网络平台对接了锡盟数家企业、B端商户、政府有关部门，拥有提供及预约屠宰、羊肉交易、加工产品交易、普惠金融服务、产品质量溯源、文化旅游、科技服务、公益服务、政府监管等功能。一部电脑、一部手机就能获得所有信息。牧民坐在家中就能在电脑、手机上得到一切服务。

协会成立以来，坚持品牌意识，保护锡林郭勒盟乌珠穆沁羊、苏尼特羊良好声誉。引导合作社的会员和公司开展畜产品深加工业务，打通线上销售羊肉产品渠道，提高产品价格，增加牧民收入，稳定发展牧区畜牧业经济，为牧民提供更多便利，带动更多的牧民发展生产致富奔小康做了大量工作。

牧民感激地说：羊业协会是我们的家啊！

我们说好采访宝音阿日布其格至少要三个小时，可是只采访了两个钟头。因为采访不到一半时间就看见宝音总是翻开手机看，每看一次他脸上就多了一层焦虑急切的表情。我们知道，在这两个小时里有许多人在联系他、在寻找他。他急得已经满脸汗珠了。宝音这个会长当得不轻松啊。

我们目送宝音走下楼去，他的脚步是匆匆的。我们知道他匆匆的脚步带领着1700多牧户在建设社会主义新牧区，带着他们奔小康啊！

第六章

自己的事　自己办

一定要建自己的工厂

2007年，额尔敦羊业在社会上赢得越来越好的声誉，供需市场不断扩大，羊肉价格也在节节攀升。额尔敦在锡林郭勒有三家指定的签约供货商，已经有十几年的良好合作关系了。一次，额尔敦木图开车拉肉，说好这三家公司，每一家提供10吨羊肉。可是其中一家借故市场肉价提高，提出提价要求。供、销都有签约，货源提价了，销售怎么办？我再涨价卖给顾客，这不失信于人吗？

李成是内蒙古东乌珠穆沁旗利民肉业有限责任公司法人、总经理。他是一个性格爽朗讲义气的汉子，为额尔敦供货也十几年了。李总听说有人不守合同，借羊肉涨价多捞一笔，就来气了："他不给，我给。"

李总把自己那一份10吨给额尔敦装上车，另外再给额尔敦装上10吨羊肉。

额尔敦很感动，说："李总，我给你一些补偿吧。"

李总拍了拍白总的肩头："做买卖，得讲信用，做朋友讲的是交情。不提补偿的话，拉走。"

这是朋友，真朋友， 是10年前交的朋友。

十多年前，额尔敦找到李成，要买他的羊肉。李成听额尔敦一说话就知道，这是个蒙古人，也看出是个敦厚诚实的生意人。

"买多少？"

"20吨。"

李成问："怎么交货？"

额尔敦留给李成一个电话号码和一个交货地址就走了。李成按留下的对方地址，往石家庄发去20吨羊肉。石家庄那边收到货就把钱款打到李成的银行卡里。

一个诚信的人，他交往的必定是诚信的人。

李总有一个很生动的比喻，他说：盯着钱的人，挣的是铜板。识货的人挣的是银元。只有识人的人，才能挣到金元宝——额尔敦是个识人的人。

李成说：10吨肉晚出库几天就是几万元钱啊。可是，钱有了，人格没了，信誉也没了，生意也就没有了。

李成还告诉我们，额尔敦多少年来，一直从他这里提货。在羊肉价下来的时候，他一定到我这里提货。我知道他在照顾我的生意啊，经过这件事，额尔敦明白了一个道理，一定要有自己的屠宰冷冻厂。

后来。额尔敦在锡林浩特建了两个中等规模的屠宰冷冻厂。随着市场不断扩大，这两个厂远远不能满足市场需求。2017年额

东乌珠穆沁利民肉业有限责任公司总经理 李成

尔敦在阿巴嘎旗政府所在地别力古台镇选址建厂。

别力古台，是一个有着古老传说的小镇。镇名来自一个古老的部落首领，即元太祖成吉思汗同父异母兄弟别力古台后裔，故将其所率部落称为"阿巴嘎"部。"阿巴嘎"系蒙古语，汉语的意思是"叔叔"。

别力古台，一个充满亲情的温暖的小镇。

2017年3月26日，我们随行白总去阿旗别力古台镇，参加新建的大型现代化屠宰加工基地的开工仪式。

小镇在暮色苍茫里仿佛一位安详的草原牧羊女，卸去白日的装束，准备安歇了。

一路劳顿的白总却没有这样的闲情逸致，他让司机把车直接开到工地。他实在是不放心，即将开工，建设工期只有120天，能保证质量，按计划在8月底竣工使用吗？有1000多户牧民兄弟可是等着把牧场上的45万只羊、2万头牛送来屠宰上市呢。

这是牧民兄弟在这一年里获得的2.2亿元的人民币啊！

新建基地上，承建工程队的领导在等待他，还有不少工人在忙碌着。工地用一条白灰线圈起来，车辆、工程机械设备严阵以待，就等着明天白总的一声令下开工了。

额尔敦和工程队的人在工地上忙了一个多小时，天就完全黑下来了。白总领着大家来到别力古台商务酒店，请工程、设计、监理方的同志们就餐。在服务生为客人斟满了酒后，白总举起酒杯说："各位辛苦，这个工程工期短，只有120天，可是，我们想一想，1000多户牧民眼巴巴地盼着我们加工厂竣工啊，拜托了，各位兄弟。"

这个开工晚宴，没有一般宴会那样的欢乐的气氛，反倒让人感到一种压抑和沉重。不一会儿工程队长走了，又一会儿工程队的另外两位同志也悄悄走了。接着两位工程监理员也悄然离开，留下的是我们几位从呼和浩特来的人。

我们问："白总，他们怎么一个个都走了？"

额尔敦说："我知道，他们压力有多大，哪里有心思吃这顿饭啊，他们都忙着去工作了。"

这就是善解人意的白总，这就是将生意伙伴视为兄弟的额尔敦木图，这就是以天下人为亲人的蒙古人。

这一夜，工程队的人加班加点，住在我们隔壁的白总房间的灯也一直亮着……

第二天，我们起得很早，想看一看草原日出。一下楼，看到白总

位于阿巴嘎旗的自动化生产线

在大厅里和工程队的人在一起最后审看设计图。白总认为加工厂最前面的一栋建筑和大门，现在的距离是 53 米。他觉得这个距离应该扩大到 70 米，好在这个空间里设计草坪、花圃、喷泉、雕塑，来美化环境。环境美观优雅是现代新型企业的一个标志。

做了这一个改动后，另外几处也做了调整，达到统一和谐。

2017 年 3 月 27 日早晨，阿巴嘎旗的别力古台镇东南草地彩旗猎猎，额尔敦的冷冻厂即将举行开工典礼。这时候，额尔敦接到阿木古楞旗长的电话，转告他立即前往锡林浩特市，说盟委书记有重要事情与他商议。

额尔敦是专程赶来主持开工仪式的，因为阿旗长的电话，他只好让别人主持仪式。在工地机械隆隆启动声里，额尔敦乘车飞奔，前往锡林浩特市。

在锡林浩特，白总向盟委书记罗虎在汇报说：在锡盟盟委、盟行政公署的支持下，正在建设中的额尔敦羊业牛羊现代化屠宰、深加工基地开工建设已经开工，7 月底竣工，8 月投产。投产后年屠宰 45 万只羊、2 万头牛。基地还拥有自主研发牛肉干、头蹄下货、手扒肉、烤羊腿等深加工产品能力。从原料到销售全过程，将各个环节高效地组织在一起。

白总对罗书记说：为确保羊源品质，额尔敦羊业公司将基地建设在植被丰富且未受污染的锡林郭勒大草原，就是从源头杜绝伪劣，通过保证产品品质，满足消费者高质量的消费需求。

额尔敦羊业基地采用牧、副、渔结合和养、宰、加工等复合式生产系统模式，还要通过分设的 1500 平方米的草原文化旅游体验中心，培养牧区孩子歌舞、演艺、绘画技能，带着孩子们走出草原，传播草原文化，在我们的经营活动实现以草原生态美食培育、草原文化旅游、草原演艺影视为主的经营特点，打造集观、游、住、品、购于一体的服务综合体，满足客人的精神和物质需求，从而实现企业帮扶农牧民致富，为锡林郭勒经济发展做贡献。

罗书记了解农村牧区，懂得农牧业生产和经营。他表示：我们盟里和旗里一定全力做好服务工作。阿巴嘎旗没有一家像样的肉业加工企业，现在建设一个现代化屠宰基地，有计划地适当、适度经营。要草畜平衡，保护草原生态，让锡林郭勒大草原永远草青青、水清清。

罗书记还指出：额尔敦羊业声誉特别好，品牌很响亮。打造一个好品牌很难，坚守一个好品牌更难。额尔敦羊业的品牌是你们打造的，是企业的品牌，也是我们锡林郭勒40万农牧业的品牌，让我们一起用好这个品牌，保护好这个品牌。我们不仅要把这个品牌推向全国，还要把这个民族品牌推向海外。

额尔敦羊业公司新建的现代化屠宰加工基地，选址在阿巴嘎旗中小企业创业园区，是旗委、旗政府督导扶持的重点项目。阿巴嘎旗的阿木古楞旗长多次往返于别力古台镇与呼和浩特之间。他热情诚恳，认真执着的工作作风令额尔敦木图十分钦佩。阿木古楞既是政府领导，又是合作伙伴，还是朋友——一个在事业发展道路上认识交往的好朋友。

近年来，锡林郭勒盟委、盟行署围绕建设国家重要的绿色农畜产品加工基地和国家级高端畜产品之都，以推进畜牧业供给侧结构性改革为重点，大力实施"减羊增牛"战略，加快传统畜牧业向现代畜牧业转变，促进三次产业深度融合、协调发展。为积极落实盟委、盟行署的这个战略大局，作为龙头企业的阿巴嘎额尔敦羊业股份有限公司又走在前面。

2018年12月2日上午，锡林郭勒首批安格斯肉牛深加工生产线在额尔敦阿巴嘎生态基地正式投产运营。盟委书记罗虎在等盟委、盟行署领导来到阿巴嘎额尔敦羊业公司，深入车间、展厅，实地参观了安格斯肉牛深加工流水线和产品展示。现任旗长于海成汇报说：阿巴嘎旗在引进发展内蒙古额尔敦羊业股份公司后，又积极促进企业与内蒙古贺斯格绿色产业进出口有限公司的合作，通过企业间的强强联合，进一步提升产业档次，延伸产业链条，拓宽销售渠道，推进高端肉牛草原发展。

白总就肉牛深加工程序做了简要说明，他说：内蒙古贺斯格绿色进出口公司可在我们公司加工450多头肉牛，首批运达55头。在全盟实现了肉牛养殖到市场终端的一个突破，这个突破会极大地调动牧民养殖高端优质种肉牛的积极性。使盟委、盟行署的"减羊增牛"战略从基层牧人、牧户、牧点做起，让牧民增加收入。

锡林郭勒盟委书记罗虎在等盟委、盟行署领导和著名民族企业家额尔敦一同为锡林郭勒草原首批安格斯牛肉深加工生产线启动仪式剪彩。

"减羊增牛"战略为畜牧业现代化迈上又一个新台阶。

李书记说：好好干

额尔敦羊业股份有限公司总部，设在呼和浩特新城区北二环的一座大楼里。大楼的一层是加州华府酒店和经销部，二层、三层是办公区。一上二楼，是大厅。这里是集体办公区，各个部室都在这里各司其职。白总的办公室也在二楼，大约有40平方米的样子。几位副总也在二楼办公，几间办公室并排着，工作起来很方便。

我们的采访大多安排在白总的办公室里。这里朴素整洁，没有一点奢华铺排的样子。一张老板台，一排书架，一个茶桌子，几把椅子，几株花草，清雅恬静。这与额尔敦木图的个性和行事风格是一致的。

集体办公区和我们在电影里看到的情景一样，埋头工作的员工在这里与全国的几十家酒店、饭店、经销部保持着业务联系，进货、出货、结算、转账、咨询。各地各部门之间的联系协调也在这里进行。白总就像一位战地指挥员，在大厅里，一会儿跟这个交代几句，一会儿给那个安排几件事，很多事情就在现场解决了。

我们在这里采访十几天，没有看见白总严厉批评过哪一个员工，也没有听到他高声呵斥过哪一个工作人员。看到的是他对大家赞许的目光和亲切笑容：

好，好，就这么办。

行，可以，去办吧。

我们天天见到白总，采访他却很难。他真是太忙了，说不上几句，就有电话打进来，或者有员工找他。采访一次又一次被打断。于是，我们把采访安排在白总去锡林郭勒的路上。

这是一个雪后初晴的日子，白总去锡林郭勒的阿巴嘎旗，参加新建的大型现代化屠宰加工基地的开工仪式。

这一年北方多雨雪，一个星期前就下过一场雪。昨夜又是小雪，春风化雪，大地就有了春意。我们九点半从呼市出发，城市路面上湿漉漉的。车驶出市区，路边的山坡、沟壑里一片片雪白。北国少有的春雪和徐徐春风，使北国大地春意盎然。

我们不打算提问题，任由白总自由地讲述他成长、创业、发展的历史。可是，这也很难，他一会儿一个电话；有山东来的电话，说要加盟他的额尔敦羊业的；有在济南、青岛开饭店，想来呼市商谈的；有成都来的电话，说要扩大酒店经营……这样的电话一次又一次打断白总的话题。他还不时提醒开车的小张：慢点儿开，小心儿点，路滑。这时候白总忽然想起一件事，拍拍脑袋，急忙给妻子打电话："八月，我早晨就想着和你说，急急忙忙出门忘了交代。邢台李大哥的儿子明天结婚，我这儿太忙，实在是抽不出身子。你马上给孩子打去三千元，再给大嫂解释一下……"

在后来的一段路上，白总主要讲了他与李和军相识相知的故事。我们看到讲故事的额尔敦木图脸上时而凝重，时而欣喜，时而又哀伤得泪眼模糊。这个故事讲得很长，这是一个良心与情义的回忆，又是一个信义与友情的故事。白总讲八月的故事没有这么长，讲兄弟朝格图的故事也没有这么动情。只有李和军等几位朋友、兄弟的故事他讲了一路。

不知道为什么，在白总讲这些在人间传递着温暖的故事的时候，竟没有一个电话打进来。

额尔敦只讲述友谊和亲情的故事，朋友的情义他都牢牢记在心里。其实他还有不少令他伤心的人和事情，那些故事他一个字都不讲。那些让他失望和伤心的人和往事像蓝天上的一朵乌云，风一吹就没有了，他的心灵永远是一片湛蓝。

额尔敦做人做得好，办企业很成功，固然有许多主观客观因素，但是他的大度、宽容、包容的个性是不是他成功的一个重要原因呢？

2017年8月末，我们再一次到别力古台创业园区，看到已经建成的大型屠宰厂。高大的厂房，在蓝天白云下熠熠生辉。一群工人正在

阿巴嘎旗额尔敦食品
有限公司经理 孟和

进行厂区硬化和绿化工作。

白总一挥手说：明年你们再来看，我把这里变成一座花园式工厂，有草、有花、有树。

2018年8月4日，我们第三次来到创业园区。这里刚刚下过一场小雨，一片片草坪，一畦畦花坛似乎在验证着去年白总的一番话。草青、花艳没有拦住大家的脚步，一行人绕过花坛，穿过草坪上二楼了。

二楼上长长的走廊，阳面是办公区，会议室、财会室、接待室一溜儿排列着。阴面是完全封闭式玻璃通体大墙，通过玻璃墙看楼下的生产线，有200多名工人正紧张有序地操作加工。从一只羊输送进入屠宰区，平均1分多钟就成为胴体，经过检验（CCP3），再检斤，再检斤核对出具相关票据，转到财务部门，一次性结算。牧户当天到这里两个小时后就把钱拿到手了。

孟和是这里的经理。他领着我们一边参观，一边介绍说：2017年，我们与乌冉克羊业协会合作直接带动70户牧户增收增益。公司为乌冉克协会提供的牧户增收80元/只羊的收益，比上一年同期增长25%。今年可带动300户牧户增收增益，我们公司为乌冉克协会提供的牧户增收要达到100元/只羊的收益，比去年同期再增长20%。

孟和说：在乌冉克协会没有与我们公司合作前，牧民的牛羊都是通过牛羊贩子来售卖，贩子们要赚取高达20%的利润。牧民不知道羊贩子从他们手里赚取多少钱。每到收羊季节，牧民们还要请羊贩子们喝酒、说好话，帮助他们卖羊。去年，洪格尔高勒镇的养牛大户毕力格巴特尔，找到乌冉克协会。通过协会把牛送到我们这里，一头牛就多卖2000元。巴特尔大叔说："多少年了，我不知道被牛羊贩子们赚去我多少血汗钱啊！"

分解冷冻车间

牧民们增收增益，他们高兴，政府也高兴。

2017年12月6日，锡林郭勒盟委书记罗虎在来阿巴嘎旗额尔敦食品有限公司参观视察。罗书记说：额尔敦羊业落户阿巴嘎旗具有深远的战略目光。希望在"十三五"开局之年充分利用地理资源优势、产业优势来推动品牌的快速发展。

这是罗书记第二次到阿巴嘎旗额尔敦食品有限公司视察指导工作。就在这一年4月15日，基地建设刚刚动工时，罗书记由阿巴嘎旗旗长阿木古楞和副旗长王德陪同，来到额尔敦食品有限公司正在建设的现代化屠宰加工基地工地，实地考察，并指导建设工作。罗书记就基地建设工期、污水处理等一系列问题详细深入调研。

2018年1月8日，锡林郭勒盟委副书记、盟长霍照良一行领导和阿巴嘎旗委、旗政府领导到公司参观考察，再一次对公司工作予以充分肯定。盟长提出额尔敦羊业在牧民增收、扶贫上再加大力度，力争在牧民收入增加和企业发展上快速全面发展。

2018年6月25日，内蒙古自治区党委书记李纪恒率农牧业厅、扶贫办负责人到阿巴嘎旗考察时，详细了解了公司生产情况和带动牧民增收等一系列问题。最后李纪恒书记希望企业扎扎实实搞好产业发展，进一步拓宽增收渠道，完善利益联结机制，千方百计促进牧民增收。

李纪恒书记在离开公司时握着额尔敦木图的手，鼓励道："好好干！"

额尔敦也握住李书记的手，说："谢谢李书记，帮助牧民发展生产，带动牧民发家致富是我们民营企业义不容辞的责任，放心吧李书记，我一定好好干！"

白总心中有一支歌

在阿巴嘎旗，我们对白总有过一次短暂的采访。白总建设现代化屠宰深加工基地的想法，远比席军和我们想得更远更深刻。他讲到企业家的责任和使命，讲到社会资源与财富，讲到社会财富分配等问题，表现出一个成熟民族企业家的高度境界。

他说：社会资本不仅是一种私人资产，更具有公共物品的性质。也就是说，社会资本是集体的、大家的，而不是个人的。一个人有一点小钱儿，是来养家糊口的，等到有了一定资本，有些人就要创业办实体，在市场竞争中完成社会的第一次分配后，就要去实现社会财富的第二次分配。企业家要拿出资金来用于公共设施建设，投入国家建设。让每一位公民在各种人权上获得公平、公正、公开的社会福利。等到社会财富第三次分配时，企业家就要对社会做奉献，帮助贫穷的人去改变生活条件，包括医疗、养老、教育等，使他们有一种安详幸福的生活。概括起来说：社会财富的第一次分配讲效率，第二次分配讲公平，第三次分配则讲爱心与奉献了。

我们知道，这是马克思在《资本论》里讲述的关于社会财富分配的原则。一个民营企业家拿马克思的社会经济学理论来武装自己，并且用来领导自己的企业发展壮大，在市场竞争中乘风破浪。从这里我们看出额尔敦木图是一位有着崇高境界的人。

额尔敦还告诉我们，他也是近些年，读了一些企业管理发展的文章，特别喜欢读社会经济类理论文章。他说：农业资本家为了在租约有效期内获得尽可能多的利润，就只使用土地，而不养护土地，以致土地越来越贫瘠，单位土地面积的产量随之减少，以致有的经济学者发现了所谓"土地收益递减规律"。这样在人和土地之间的物质变换中，取之于土地的多，而还之于土地的少，于是造成了土地利用的不可持续性。

土地和草原是农牧民赖以生存的条件，有了土地，就有粮食。有了草原，就有牛羊，就有我们取之不尽的财富。

额尔敦告诉我们，他今天建设的现代化屠宰深加工基地，强调"现代化"，不只是屠宰加工的现代化，还包括现代化技术养殖牛羊，用现代化手段保护草原生态。强调"深加工"就是对牛羊肉进行黄金切割，通过深加工、细加工在品质品种上寻求更大利润，提高企业的利润，增加牧民的收入。

额尔敦说：我们一定要改变过去那种多养羊、卖廉价肉的做法。

今后要少养羊，用好品质羊肉来增加我们的收入，让草原有一个休养生息的机会。

这就像我们手里有一块玉石，这块玉石拿出去卖掉只值500元。要是请玉雕师傅加工成一件饰品，可卖1800元。若是再请玉雕大师精心打造成为王冠上的宝珠，那就价值连城了。

一样的道理，我们就是要让我们的牛羊肉通过高品质、多样化的产品去增加它的价值。

一句话，现代化就是科学养殖，以保护草原生态有计划合理地放牧。保护草原，保护草原生态才会实现可持续发展。反之今天一切发展，所有财富都可能变成一个"零"。

土地和草原是我们的，更是我们子孙后代的。

额尔敦讲过一句很生动，又特别感人的话，他说：如果我们今天不去保护土地和草原，我们的后代就会站在贫瘠的土地上流泪，我们的子孙就会站在荒芜的草原上啜泣。

白总说话不多，他的话简洁明快。白总不喜欢说话，却喜欢听歌，特别喜欢听草原歌曲。他最喜欢听的歌是《在那百花盛开的草原上》：

在那百花盛开的草原上，
肥壮的牛羊像彩云飘荡。
富饶美丽的牧场哟，
无限兴旺，
勤劳的牧民建设着祖国边疆。
在那万马奔腾的草原上，
丰收的歌儿响彻四方。

我们的生活多么美好，

前进路宽广，

草原人民永远歌唱共产党。

一个新政协委员的提案

2017年12月，额尔敦当选为锡林郭勒盟政协委员。他心里明白，作为一名政协委员，党和政府给予他很高的荣誉和信任，这种荣誉和信任要求政协委员在享受荣誉、做好本职工作的同时，也必须义不容辞地做好参政议政工作，履行一个政协委员的政治职责。

白总本来就是一个热心的人，对生活中的事情，对群众关心的问题也爱思考。今天，他作为一个政协新委员以满腔的热情、强烈的社会责任感，履行好一个政协委员的职责，当好"替百姓说话，为政府分忧"的政协委员的角色。

额尔敦经过精心准备，认真完成了他的第一份个人提案，交给政协提案委员会。白总提案的题目是《建立"锡林郭勒羊肉"销售服务体验中心，扩大品牌知名度、惠及广大农牧民》。

在这个提案里，白总对锡林郭勒羊肉市场做了介绍，他说：锡林郭勒盟是内蒙古自治区重要的畜牧生产基地。2017年锡林郭勒羊肉被国家商标总局评为"驰名商标"。这是内蒙古自治区第一个被评为"驰名商标"的地理标志商标，对锡盟羊肉品牌是最好的评价、最好的宣传、最好的推广，我们一定要抓住这个机会。

白总认为：我们内蒙古人喜欢吃羊肉，可是有些省份的消费者对羊肉的营养价值、烹饪方法知之甚少。为了让更多的人了解羊肉的营养价值、掌握其烹饪技术和方法，让全国各地的人们都喜欢吃锡盟羊肉，我们应该建一所锡林郭勒羊肉销售服务体验中心。中心建立起来后，既为消费者提供一个从源头到餐桌的全方位认识锡盟羊肉的窗口，又可以此为契机进一步扩大其销售范围及销售量，提高品牌知名度，让锡林郭勒羊肉品牌成为响当当的品牌、硬邦邦的品牌。

新委员额尔敦提出4条建议：

（1）在全国设立"锡林郭勒羊肉"销售服务体验中心，将产品理

锡林郭勒盟政协委员
额尔敦木图

念直接贯穿至销售末端。在全国重要城市和人口密集城市建立"锡林郭勒羊肉"销售服务中心。扩大品牌宣传范围。现阶段主要在北京、上海、广州、深圳等经济发达地区设立销售体验中心。

（2）统一"锡林郭勒羊肉"销售服务中心的建设标准及服务标准，建立具有五星级标准的"锡林郭勒羊肉"销售体验中心。并通过以下4种方式让更多消费者有机会接触锡林郭勒的羊肉：为终端消费者讲解锡林郭勒盟的自然环境、羊的生长环境、羊肉各部位分档及烹饪方法技术；由专业厨师亲临现场传授羊肉烹饪制作方法；消费者可根据个人喜好现场体验羊肉制作方法；凡在体验中心购买的商品享受在一定期限内包退包换的服务，打消客户的后顾之忧。

（3）通过"企业+基地+牧民"的羊肉供应模式，保证让牧民参与销售过程，享受利益。这样牧民通过直接销售和入股等方式参与生产营销全过程，为培养现代化牧民、牧场股东提供重要保障。

（4）优化物流运输方案，提高线上产品销售。锡林郭勒羊肉虽然在一定区域享有盛誉，但在全国范围内的知名度有限，物流运输成为制约产品发展的重要因素之一。"锡林郭勒羊肉"将通过冷链运输及其他物流运输方式，把最新鲜的食材运往全国各地的体验中心。保证为消费者提供来自大草原最鲜美的羊肉。另外，优良的物流运输方案及线下体验，为线上产品销售及售后服务提供有力保障。

额尔敦在他的提案里预测："锡林郭勒羊肉"销售服务体验中心的建立，可有效提高品牌知名度，为高标准、高品质的草原羊肉提供展示平台。体验中心的建立还可以有效提高锡林郭勒羊肉销量，通过销量惠及广大牧民，也让企业有更大发展。

这是打造"锡林郭勒羊肉"品牌的提案，这是个搞活畜牧业产业的提案，这是个草原经济发展的提案。一句话，就是一个利于企业、惠及牧民的国计民生的好提案。

提案上交一年过去了，落实的情况怎么样呢？我们打电话问白总。白总说：我们给组织提交一个提案，并不一定是要政府帮助我们做什么，或者解决什么问题。我的提案提上去了是想听一听政府方面的意见，争取一下专家们的看法、建议，完善补充我们的这个想法，让这个想法更具有科学性、更具有社会意义。

哦？白总的这种说法让我们感到有些意外。

白总又接着说：政府做事都有计划安排，因为政府不是为咱们一个企业服务。政府要宏观地去把握一个地方的全面治理、全面发展的大局。建设体验服务中心政府暂时没有做出规划，我们不等不靠，我们企业自己做嘛。

不等不靠，我们企业自己做！

这是额尔敦木图做事的一贯行事风格，这是一个企业家的境界与胸怀。

一路走来的额尔敦有事自己做。他用一辆自行车卖肉，走出一条商路；他在一间小铺卖肉，打造一个知名品牌；他依托一个小公司，将"额尔敦传统涮"从北方开到南方、从西部开到东部。

额尔敦是一个有梦想的人，却不说梦话。"我们企业自己做"，他这样说了，就一定去做，并且相信他一定做得最好！

第七章

双翼的神马

一翼"牧易宝平台"

风雨兼程，额尔敦羊业股份有限公司走过了20年。

2016年9月12日，内蒙古额尔敦羊业股份有限公司"牛转乾坤，羊帆远航20周年庆典"在呼和浩特市内蒙古饭店隆重举办。来自内蒙古自治区、呼和浩特市相关单位领导对额尔敦羊业20年发展和取得的成就给予高度赞扬。

这是额尔敦羊业公司历史性的一天。他们在这里总结过去，展望未来，听取专家们的建议，让企业乘风破浪，扬帆远航。

额尔敦永远是个有创意、有想法的企业家。他在这次庆典活动上，启动了牧易宝平台战略。

经过20年的发展，额尔敦不仅在内蒙古中高端市场占据了领先地位，而且还立志树立行业标杆。2015年，带动产业上下游实现销售总额3.4亿元，成为锡林郭勒草原最大的肉羊加工企业，被推荐为内蒙古草原羊肉的标志性企业。其原因就是额尔敦在羊肉销售上有一个不同于其他企业的地方，这就是额尔敦对羊肉进行精剔分割，坚持黄金出肉率，即将羊身上品质较低的肉剔除，只出售最好的肉给客户。

额尔敦把牛羊肉产品分为多种类别，再加工成为80多种品质产品，供给市场。也因此，额尔敦迅速在行业内以好口碑、好声誉而闻名，为内蒙古农牧业产业化发展开拓出一条可持续发展的阳光大道。

牧易宝平台战略建设，是额尔敦羊业股份有限公司又一个飞跃。

在经济全球化深入发展的今天，以信息网络技术为代表的技术革命不断取得突破。信息网络化已经成为各国经济社会发展的强大动力，推动着人类社会以前所未有的速度走向新的历史高度。网络作为20世纪最伟大的技术成就，在以其巨大的力量改变着世界，改变着人类社会，改变着经济运行和经营模式。信息网络化的发展给企业经济的发展带来了千载难逢的机遇。

作为依托草原牛羊养殖，延伸为餐饮业的企业怎么办？

让全国的消费者能吃上真正的锡盟草原的牛羊肉，带动草原上的牧民增收。额尔敦探索性地提出"草原生态牛羊肉综合服务平台——牧易宝"。这个平台采用"互联网+"模式和物联网技术，通过制定草原牛羊肉的8S生态标准，借助额尔敦羊业布局全国的"集美食体验、产品销售、文化传播"的牛羊肉产业"4S店模式"打破传统行业的壁垒，促进三次产业的融合，带动整个草原生态产业的创新发展。

牧易宝是以羊源基地为核心，将企业基地和牧户基地相结合，集美食、文旅、金融交易为一体的综合性信息服务平台。互联网与企业发展融合是当前的商业趋势。今天不少企业都在战略发展中注入互联网基因。基于此，额尔敦积极整合资源，发展建设综合性信息服务平台。除了牛羊肉销售外，还可激活内蒙古的区域资源，助力内蒙古中小企业发展。

牧易宝平台依托锡盟大草原天然资源，是一个一端连接千万牧户、牧民和合作社，一端连接亿万消费者，真正实现牧民和消费者无缝对接的集金融、畜牧科技（兽医、专家、培训）、资讯为一体的服务型牛羊肉产业的专业信息平台。

额尔敦敢想、敢做，又一次立于羊业企业发展的潮头。

李成总经理给我们介绍牧易宝平台说：平台就是用物联网技术以及数据库等现代信息技术手段，建立追溯管理平台。通俗地讲，就是一只羊从胚胎、养殖、屠宰加工、物流配送，最后端到餐桌上，平台都向社会、客户提供所需要查证的依据，责任追究的全程追溯体系管理。消费者只要对所购产品的二维码进行扫描，这个产品生产在哪个旗、哪个苏木、哪个嘎查的哪一户牧民的哪一标号的羊，以及羊种、放羊记录、屠宰加工、物流运输等每一个环节都一目了然。

李成总经理说，这样的羊，因为一产下就在耳朵上挂标志。所以叫"耳标羊"。用牧民的话讲，这是有身份证的羊。

牧易宝平台的活羊身份识别、养殖环境识别、养殖饲草识别、屠宰过程识别、质量安全检验与身份证识别智能化服务，让消费者通过

额尔敦羊业成立20周年庆典暨牧易宝平台启动仪式

互联网及时准确地监督公司生产的所有产品，做到消费者买得放心、吃得放心，为食品安全保驾护航。

建立品质可追根溯源体系，不仅完善了草原牛羊肉从牧场到餐桌的绿色安全实体屏障，还实现了从牧场到餐桌的全产业链覆盖。

这是企业与消费者最安全、最可靠的无缝对接。

内蒙古餐饮与饭店协会会长郎立兴在"牛转乾坤，羊帆远航20周年庆典"活动上，就额尔敦羊肉发展和今后牧易宝平台，说了这样一段鼓舞人心的话：额尔敦羊业从一个流通的家庭店面迅速发展成为规模化的股份制企业，他们抓住中间，打通两端，上游发展畜牧养殖，下游延伸餐饮业，贯通第一、第二、第三产业方面做出了很好的探索和尝试，突破现行体制的束缚，越做越大、越做越强。这在内蒙古是不多的，对内蒙古整个产业结构带来重大变化，大有作为。额尔敦羊业以好食材、好平台、好味道占领市场，用好羊肉、好价格打造好品牌。通过牧易宝平台建设扩大经营的更大空间。额尔敦羊业从今天的3亿元，发展到明天的30亿元，300亿元，成为内蒙古羊业的千亿元企业，这不是梦想。

今天的额尔敦木图，寻找的不再是自己的一金碗圣水，而是为普天下人奉献一桌圣洁的美食。

二翼"电子商务"

2015年的6月24日，额尔敦品牌线上运营公司内蒙古云牧商贸公司正式成立，开启了额尔敦的电商新征程。

电子商务，网上销售，额尔敦紧跟时代步伐要在网上卖他的"额尔敦品牌"羊肉了。

一个优秀的企业家，要理解这个时代，要紧跟这个时代。今天是一个商业变革的时代，互联网成为世界经济发展的最大推手。

20年前，马云在杭州西湖边说过，将来会有一个新的世界诞生，这个世界被称为虚拟世界。这个世界会有一个新大陆，在这个崭新的大陆上，所有的人都会在网上发生联系。今天，真的诞生了一个新世界——一个新的经济体、一个超过20亿人的强大世界经济发展的新基地。

随着人类进入信息化时代，传统的社会已经进入一个崭新时代，传统的商务活动、金融往来以及事务管理越来越多地将通过开放的计算机和通信网在线工作，有着"随时可得"的巨大优点。著名未来学家托夫勒说，在信息化时代，谁掌握了信息、控制了网络，谁就将拥有整个世界。

20年前全世界的互联网用户还不到5万人，全世界的互联网从业者也不到5万人。今天全世界使用互联网的人口已经超过20亿人，这20多年的发展变化令世人震惊。因此，马云就说"互联网是没有边界的，就像电没有边界一样"。

今天。信息化成为人类社会最重要的资源。

额尔敦的经营从"两条腿走路"——一条是外销，一条是内消，接着建立牧易宝平台，在牧民—企业—销售—银行之间搭起一座桥梁，发展牧业经济，为自己的企业插上一只翅膀。云牧商贸的成立为额尔敦羊业再插上一只翅膀，开辟网上销售业务，让"电子商务"引领额尔敦羊业走进新时代。

谁来帮助自己做这个生意呢？额尔敦想到一个人，他认识的这个人叫李辉。李辉在企业网站里有一条叫"400客服热线"。额尔敦先是从热线上认识李辉，后来见面了，额尔敦就喜欢上这个说话不多的小伙子。

同样都不爱多说话的人，在一起也没有多少话，却读懂了彼此的心。一天，额尔敦说："小李，帮助我做线上销售呗。"

李辉说："怕做不好。"

额尔敦说："我看你是个做事认真的人，只要认真就没有做不好的事情。"

李辉说："白总，您要我做，我就试一试。"

简简单单，几句话就把事情敲定了。

额尔敦电商经理李辉

李辉已经做了几年企业网站，有了一些网上工作经验。他这么痛快答应白总，有两个原因：一个是白总的个人魅力和对他行事风格的仰慕，再一个是对社会声誉越来越好的"额尔敦羊肉"品牌的信心。为了一心一意做"额尔敦羊肉"网上销售，李辉义无反顾把他开办几年的企业网站关掉了。

6个人组成的小团队第一步先提交了京东店铺开店申请，然后紧锣密鼓地开始参考全网羊肉产品，选定产品、产品图片拍照、页面设计、文案编辑，对接冷运物流和生鲜快递公司。这时候已经进入草原收羊屠宰季节，他们深入牧场，与牧户交流，了解锡林郭勒原产地得天独厚的自然条件，了解到为什么额尔敦品牌羊肉可以在内蒙古这个羊肉产地如此地受欢迎，进到工厂车间，向车间主任、工人了解生产流程、学习羊肉知识，拍照，提取素材，经过一个多月的深入学习，

通宵工作的电商团队

团队成员对羊肉，尤其是对额尔敦品牌羊肉有了更深刻的认识。

2015年11月8日，额尔敦云牧商贸京东旗舰店终接到了第一个订单。顾客是一位来自四川成都的周先生，大家对这份订单激动不已，李辉亲自联系顺丰，用保温箱冰袋，小心翼翼地打包好，交付给顺丰将产品发出去。

内蒙古云牧商贸公司，在京东网上平台开一个旗舰店，在天猫网上平台开一个旗舰店，还在北京、上海、广州、武汉、青岛、成都、福州、呼和浩特开设8大分仓。分仓基本覆盖了全国市场。消费者通过京东、天猫两个网上平台订购额尔敦羊肉，由8大分仓就近将所购物品送到客户家中。

额尔敦云牧商贸从2015年9月开始运作，11月8日有了第一个订单。这一年只做了两个月，真是开门大吉，他们完成的营业额大大出乎李辉当初的设想。2016年业务扩大了2.5倍，2017年扩大了5.5倍，2018年比前一年业务扩大了6倍。

我们采访李辉，约了几次，因为他忙着策划"双11"活动，一次又一次推后。直到11月14号，他才空出时间接受我们的采访。李辉一见面就表示歉意，可是很快为自己成功策划"双11"活动巨大收获兴奋不已，他说："老师，你们知道吗，我在11月11日这一天里卖了多少额尔敦品牌羊肉吗？"

我们哪里猜得出来他卖了多少羊肉呢。

李辉不等我们说什么，兴奋地说："一天的营业额达到150多万元，是平时营业额的整整4倍啊！"

"双11"是中国的购物狂欢节。

"双11"即指每年的11月11日，由电子商务为代表在全中国范围内兴起的大型购物促销狂欢日。自从2009年10月1日和中秋节一起双节同过开始，每年的 11 月 11 号，以天猫、京东、苏宁易购为代表的大型电子商务网站，一般会利用这一天来进行大规模的打折促销活动，以提高销售额度，逐渐成为中国互联网最大规模的商业促销狂欢活动。

2009 年前，11 月 11 日不过是一个普普通通的日子，随着打折热销活动规模扩大，"双 11"活动成了一个标志性节点，一个销售传奇。成为网络卖家、平台供应商、物流企业营销的"狂欢节"。

今年，是第 10 个"双 11"活动，李辉成功的策划为企业拓展了销路，让额尔敦品牌羊肉为千家万户带去草原的清香和冬日的暖意。

额尔敦、李辉两个都不喜欢多说话的人，却常常想到一起。2017 年末，额尔敦在锡林郭勒盟政协会上提交了《建立"锡林郭勒羊肉"销售服务体验中心，扩大品牌知名度，惠及广大农牧民》的提案。李辉也有同样的设想，他说额尔敦羊业应该抓紧建立"锡林郭勒羊肉"销售服务体验中心，线下体验，线上下单。通过网上直播、网红直播宣传，先请客户到我们体验中心，品尝锡林郭勒羊肉的美味，感受草原纯天然食品的美妙。客人品尝好了，感受到了，一定会买我们的羊肉，我们就在线上下单服务，将包装好的羊肉、各种调料迅速送到客户餐桌上。

李辉还告诉我们，他准备策划一套人群化品牌，这是个快餐式新产品，一人一份的小包装，有为白领、上班族做的"工作餐"，为恋爱的年轻人做的"情侣餐"，为儿童做的"健康餐"，为老人做的"长寿餐"，为孕妇做的"营养餐"。根据不同的餐种，调配不同的调料，增加其营养成分。比如给老人增加党参、黄芪，为儿童增加核桃、骨粉，为孕妇增加红枣、枸杞等补血补气的调料品种。这些小包装的产品吃起来方便，打开包装只需几分钟就能吃到可口的额尔敦传统涮了。

创新就是创造一种资源，创新就是为企业开辟一条商路。李辉眼前的网络虚拟世界是他展示青春和才华的大舞台，一定会大有作为的。

李辉说：一个只想到做眼前事情的人，他没有未来。

额尔敦也说过：一个优秀企业家，做今天的事，想着明天的计划，设想着未来的发展。

两个都不喜欢多说话的人，却是心心相印。

"电子商务"网上销售，已经成为今天最活跃的经营形式，网络经济在中国、在世界各国不断升温，网络带动市场营销进入一个崭新时代。跨越时间和空间的销售方法让市场营销有了革新换面的大变化，让我们的生活发生了翻天覆地的改变。

一个网络时代改变着世界，也改变着我们每一个人。这个网络虚拟世界是瞬息万变的，它说未来就是明天，就是后天。马云说：未来已经来到，10年后需要什么，我们今天就开始做什么。

20年前，李和军告诉额尔敦要两条腿走路：一条是外销，一条是内消。额尔敦两条路走，走得顺风顺水，从一间小铺发展成为一家龙头企业；今天，信息时代给额尔敦添了双翼，一翼是牧易宝平台，一翼是电子商务。

昨天，额尔敦靠两条腿走出一条成功的路，今天他已经拥有了双翼，成为草原上的一匹双翼的神马，天高任鸟飞。展翅飞翔吧，今天和未来的额尔敦和他的企业一定鹏程万里！

草原蒙古人的荣誉和骄傲

锡林郭勒是个神奇的草原，是梦幻的草原。

神奇、梦幻的草原有着许多美丽的传说和传奇故事，还有动听的歌声与感人的诗篇。不过这些传说和传奇属于我们的祖先，那些动听的歌声和感人的诗篇也属于我们的先辈。我们有我们的故事，我们今天的故事，由锡林郭勒草原上40万名农牧民兄弟和百万锡林郭勒儿女来共同创造，由额尔敦羊业人和额尔敦木图来创造。而且，我们今天的故事更绚丽，我们的歌声更嘹亮，我们抒写的诗篇更具史诗性。

额尔敦羊业白手起家，风雨兼程，已经走过了22年。

2016年7月8日至10日，第三届中国·包头（国际）牛羊肉产业大会在美丽的草原钢城国际会展中心隆重召开。这是国内唯一行业性顶级盛会。在这个盛会上，额尔敦羊业股份有限责任公司全资子公司锡林郭勒额尔敦食品有限公司，荣获由中国烹饪协会、中国肉类协会、中国农业产业化龙头企业协会、中国农业国际合作协会等八家组织共同颁发的"中国羊肉领袖品牌"。

2018年11月，在长沙举办的中国第16届农产品展销会上，锡林郭勒盟额尔敦食品有限公司的"额尔敦"羔羊圆卷再次荣获第16届中国国际农产品交易参展农产品金奖。

"中国羊肉领袖品牌"证书金光闪烁，"金牌奖"熠熠闪光给额尔敦羊业，给额尔敦木图带来荣誉，也带来了新的使命。

额尔敦懂得，在荣誉背后，一定是责任，而责任背后是付出和劳动。付出是高尚的，劳动是神圣的。劳动不仅创造财富，创造未来，劳动还创造奇迹。

发生在今天锡林郭勒大草原上的神奇，诞生于今日额尔敦羊业人的奇迹，就是我们今天、明天正在抒写的中国故事。

2018年11月1日，中共中央召开民营企业座谈会。中共中央总书记、国家主席、中央军委主席习近平主持，并且发表了重要讲话。

习近平总书记在民营企业座谈会上讲话的新闻，额尔敦在电视里看了一遍又一遍，总书记的讲话全文额尔敦在报纸上读了一遍又一遍。特别是习近平总书记说道："民营经济是我国经济制度的内在要素，民营企业和民营企业家是我们自己人。"额尔敦感慨万千。

我们自己人，多么亲切，多么温暖啊！

额尔敦和其他同他一样的民营企业家，曾经也有过这样的感觉，不知道为什么这样的感觉后来没有了，有的是歧视和不信任，就像总书记讲的那样，有"三座大山"压在头上：市场的冰山、融资的高山、转型的火山。特别是每年的收羊季节，融资的高山压着，从银行也难贷款，只得从别的企业和朋友那里东拼西凑借钱买羊。

总书记说：我要再次强调，非公有制经济在我国经济社会发展中的地位和作用没有变。我们毫不动摇鼓励、支持、引导非公有制经济

发展的方针政策没有变。我们致力于为非公有制经济发展营造良好环境和提供更多机会的方针政策没有变。我国基本经济制度写入了宪法、党章，这是不会变的，也是不能变的。三座大山任何否定、怀疑、动摇我国基本经济制度的言行都不符合党和国家方针政策，都不要听、不要信！所有民营企业和民营企业家完全可以吃下定心丸、安心谋发展！

"完全可以吃下定心丸、安心谋发展！"总书记的这句话额尔敦已经深深铭记在心。他认为：如果说科技信息为我们民营企业家插上腾

飞的双翼，那么，总书记的讲话为我们插上精神的双翼：一个是"勇气"之翼，一个是"信心"之翼。

额尔敦、朝格图兄弟和他们的企业经过22年的努力拼搏，将草原上的牛羊肉推向全国、走出国门。他们从一间小铺开始创业，打出"额尔敦羊肉品牌"，以诚信与品质打开市场，获得社会的信任，由锡林郭勒盟"知名商标"再到内蒙古自治区的"著名商标"，最后摘取"中国羊肉十大品牌"的桂冠。今天他们拥有了"中国羊肉领袖品牌"的崇高荣誉，这是额尔敦兄弟的荣誉，是草原蒙古人的骄傲。